浮生六記抄本兩種

〔清〕沈復 著

浙江古籍出版社

圖書在版編目（CIP）數據

浮生六記抄本兩種 / (清) 沈復著. -- 杭州 : 浙江古籍出版社, 2023.8

（宛委遺珍）

ISBN 978-7-5540-2669-4

Ⅰ. ①浮… Ⅱ. ①沈… Ⅲ. ①古典散文－散文集－中國－清代 Ⅳ. ①I264.9

中國國家版本館CIP數據核字（2023）第134286號

宛委遺珍

浮生六記抄本兩種

〔清〕沈復 著

出版發行 浙江古籍出版社

（杭州市體育場路347號 郵編：310006）

網　　址 http://zjgj.zjcbcm.com

責任編輯 伍姬穎

封面設計 吴思璐

責任校對 吴穎胤

責任印務 樓浩凱

照　　排 浙江大千時代文化傳媒有限公司

印　　刷 浙江海虹彩色印務有限公司

開　　本 710 mm × 1000 mm 1/16

印　　張 21

版　　次 2023年8月第1版

印　　次 2023年8月第1次印刷

書　　號 ISBN 978-7-5540-2669-4

定　　價 218.00圓

前言

《浮生六記》一書自民國以來便風行海内外，各類出版機構競相印行，諸種版本漸迷人眼，然一直未見傳統文人的精抄本存世。浙江古籍出版社此次推出的兩種《浮生六記》抄本，填補了這一缺憾。

此兩種抄本現皆秘藏於浙江圖書館古籍部，精美悦目，分别爲周左季鴿峰草堂抄本與張宗祥抄本。周左季抄本全本無序跋題識，用紙有『常熟周左季家寫本』『鴿峰草堂』等標識，鈐有『周左季校正圖書』『壬申周季』『鴿峰外史』印。周左季，即晚清民國時期常熟藏書家周大輔，其人號虞山里民、鴿峰外史、鴿峰草堂主人等。此抄本不見於今人鄭偉章整理之《常熟周大輔鴿峰草堂鈔書藏書知見録》，殊爲珍貴。

張宗祥抄本《浮生六記》見收於《鐵如意館手抄書目》，置於子部，與《人海記》《世説新語》等書同列。正文首頁鈐有『冷僧鈔本』印。書前有識語，曰：『《浮生六記》六弓（存一、二、三、四四弓）。清沈三白著。此書過自舊抄。不數年文體大變，尊此書者衆，刻本遍國中，且有譯行海外者。然五、六兩弓終不可見，余亦未暇取刊本一校也。張宗祥記。』此條識語復見於《鐵如意館手抄書目》，惟文字略有不同。《書目》標記抄録時間爲『丁巳之春』。丁巳年即一九一七年，此時《浮生六記》行世版本尚尟，不過《獨悟庵叢抄》本（以下簡稱『《叢抄》本』）、《雁來紅叢報》本、《説庫》本等寥寥數種而已。揆諸文意，此條識語當爲後來補記，且時間不會早於林語堂在一九三五年英譯《浮生六記》之前。

周、張二抄本所據之底本，經考察，當是據同一底本抄録而來，且此底本不是《獨悟庵叢抄》本。理由如下：

其一，周左季、張宗祥在抄録《浮生六記》時，皆至爲審慎謹嚴，或更正訛字，或補苴缺漏。現存文字當爲精心校訂後的面目。比較二者異同及與《叢抄》本的區别，可證二抄本文字無多參差，而與《叢抄》本有共同的歧異之處。以《閨房記樂》爲例，《叢抄》本『太平盛世』之『世』、『考訂其文法』之『訂』，現存主要版本俱是如此，周、張抄本則均作『時』與『證』；《叢抄》本『及抵家』之『家』字、『余適字三白』之『適』字，周、張抄本俱闕遺無存。

其二，張氏題識所言之『舊抄』，亦不知所指。在目前所知早期《浮生六記》諸版本中，惟《叢抄》本或可稱作『抄本』，但其究屬排印本，不得謂『抄』。張氏不至於犯此等錯誤。就體式上而論，張抄本與《叢抄》本，僅每行俱爲二十四字，其餘皆不相仿。

其三，周、張抄本皆僅有四記，五、六兩記僅存其目。《叢抄》本的第六記題作『養生記道』，後世傳本大都依此，而周、張抄本皆作『養生記逍』。是爲絶大不同，更可證其不抄自《叢抄》本。據筆者目力所及，僅有號稱『足本』的《美化文學名著叢刊》本有此題名。

由此，我們有理由可以相信，在清末民初的《浮生六記》流傳史上，尚同時存在著不止一種抄本。我們也期待更多的《浮生六記》抄本被發現。假以時日，或能復現此書真實而完整的面貌。

朱澤寶

癸卯初夏於長沙

目録

浮生六記　鴿峰草堂抄本

據浙江圖書館藏本影印原書
板框高十六點七公分寬十一
點七公分

浮生六記卷一

閨房記樂

蘇州沈三白著

余生乾隆癸未冬十一月二十有二日正值太平盛時且在衣冠之家居蘇州滄浪亭畔天之厚我可謂至矣東坡云事如春夢了無痕苟不記之筆墨未免有辜彼蒼之厚因思關睢冠三百篇之首故列夫婦于首卷餘以次遞及焉所愧少年失學稍識之無不過記其實情實事而已若必考證其文法是責明于

垢鑑矣

余幼聘金沙于氏八齡而夭娶陳氏陳名芸字淑珍舅氏心餘先生女也生而穎慧學語時口授琵琶行即能成誦四齡失怙母金氏弟克昌家徒壁立芸既長嫻女紅三口仰其十指供給克昌從師脩脯無缺一日于書簏中得琵琶行挨字而認始識字刺繡之暇漸通吟咏有秋侵人影瘦霜染菊花肥之句余年十三隨母歸寧兩小無嫌得見所作雖嘆其才思為秀竊恐其福澤不深然心注不能釋告母曰若為兒

常熟周左季家寫本

擇婦非淑姊不娶母亦愛其柔和即脱金約指締姻焉此乾隆乙未七月十六日也是年冬值其堂姊出閣余又隨母往芸與余同齒而長余十月自幼姊弟相呼故仍呼之曰淑姊時但見滿室鮮衣芸獨通體素淡僅新其鞋而已見其繡製精巧詢為己作始知其慧心不僅在筆墨也其形削肩長項瘦不露骨眉彎目秀顧盼神飛唯兩齒微露似非佳相一種纏綿之態令人之意也消索觀詩稿有僅一聯或三四句多未成篇者詢其故笑曰無師之作願得知己堪師

者敲成之耳余戲題其籤曰錦囊佳句不知夭壽之
機此已伏矣是夜送親城外返已漏三下腹飢索餌
婢嫗以棗脯進余嫌其甜芸暗牽余袖隨至其室見
藏有煖粥并小菜焉余欣然舉箸忽聞芸堂兄玉衡
呼曰淑妹速來芸急閉門曰已疲乏將卧矣玉衡擠
身而入見余將吃粥乃笑睨芸曰頃我索粥汝曰盡
矣乃藏此專待汝壻耶芸大窘避去上下譁笑之余
亦負氣挈老僕先歸
自吃粥被嘲再往芸即避匿余知其恐貽人笑也至

常熟周左季家寫本

乾隆庚子正月二十二日花燭之夕見瘦怯身材依然如昔頭巾既揭相視嫣然合卺後並肩夜膳余暗于案下握其腕暖尖滑膩胸中不覺怦怦作跳讓之食適逢齋期已數年矣暗計吃齋之初正余出痘之期因笑謂曰今我光鮮無恙姊可從此開戒否芸笑之以目點之以首廿四日為余姊于歸廿三國忌不能作樂故廿二之夜即為余姊款嫁芸出堂陪宴余在洞房與伴娘對酌拇戰輒北大醉而卧醒則芸正曉粧未竟也是日親朋絡繹上燈後始作樂廿四子

正余作新舅送嫁丑末歸來業已燈殘人靜悄然入
室伴嫗盹于床下芸卸粧尚未卧高燒銀燭低垂紛
頸不知觀何書而出神若此因撫其肩曰姊連日辛
苦何猶孜孜不倦耶忙回首起立曰頃欲正卧開擯
得此書不覺閲之而忘倦西廂之名聞之熟矣今始
得見真不愧才子之名但未免形容尖薄耳余笑曰
唯其才子筆墨方能尖薄伴嫗在旁促卧令其閉門
先去遂與比肩調笑恍同密友重逢戲探其懷亦怦
怦作跳因俯其耳曰姊何心舂乃爾耶芸回眸微笑

便覺一縷情絲搖人魂魄擁之入帳曰不知東方之既白

芸作新婦初甚緘默終日無怒容與之言微笑而已事上以敬處下以和井井然未嘗稍失每見朝暾上窗即披衣急起如有人呼促者然余笑曰今非吃粥比矣何尚畏人嘲耶芸曰曩之藏粥待君傳為話柄今非畏嘲恐堂上道新娘嬾惰耳余雖戀其卧而德其正因亦隨之早起自此耳鬢相磨親同形影愛戀之情有不可以言語形容者而歡娛易過轉睫彌月

時吾父稼夫公在會稽幕府專役相迓受業于武林趙省齋先生門下先生循循善誘余今日之尚能握管先生力也歸來完姻時原訂隨侍到館聞信之餘心甚悵然恐芸之對人墮淚而芸反强顔勸勉代整行裝是晚但覺神色稍異而已臨行向余小語曰無人調護自去經心及登舟解纜正當桃李爭妍之候而余則恍同林鳥失羣天地異色到館後吾父即渡江東去居三月如十年之隔芸雖時有書來必兩問一答半多勉勵詞餘皆浮套語心殊怏怏每當風生

常熟周左季家寫本

竹院月上蕉牕對景懷人夢魂顛倒先生知其情即致書吾父出十題而遣余暫歸喜同戍人得赦登舟後反覺一刻如年及抵吾母處問安畢入房芸起相迎握手未通片語而兩人魂魄恍恍然化烟成霧覺耳中惺然一響不知更有此身矣時當六月內室炎蒸幸居滄浪亭愛蓮居西間壁板橋內一軒臨流名曰我取取清斯濯纓濁斯濯足意也檐前老樹一株濃陰覆窗人面俱綠隔岸遊人往來不絕此吾父稼夫公垂簾宴客處也禀命吾母攜芸消夏于此因暑

罷繡終日伴余課書論古品月評花而已芸不善飲强之可三盃教以射覆為令自以為人間之樂無過於此矣

一日芸問曰各種古文宗何為是余曰國策南華取其靈快匡衡劉向取其雅健史遷班固取其博大昌黎取其渾柳州取其峭廬陵取其宕三蘇取其辯他若賈董策對庾徐駢體陸贄奏議取資者不能盡舉在人之慧心領會耳芸曰古文在全識高氣雄女子學之恐難入彀唯詩之一道妾稍有領悟耳余曰唐

以詩取士而詩之宗匠必推李杜卿愛宗何人芸發議曰杜詩錘鍊精純李詩瀟灑落拓與其學杜之森嚴不如學李之活潑余曰工部為詩家之大成學者多宗之卿獨取李何也芸曰格律謹嚴詞旨老當誠杜所獨擅但李詩宛如姑射仙子有一種落花流水之趣令人可愛非杜亞于李不過妾之私心宗杜心淺愛李心深余笑曰初不料陳淑珍乃李青蓮知己芸笑曰妾尚有啟蒙師白樂天先生時感于懷未嘗稍釋余曰何謂也芸曰彼非作琵琶行者耶余笑曰

異哉李太白是知己白樂天是啟蒙師余字三白為
卿婿卿與白字何其有緣耶芸笑曰白字有緣將來
恐白字連篇耳（吳音呼別字為白字）相與大笑余曰卿既知詩
亦當知賦之棄取芸曰楚辭為賦之祖妾學淺費解
就漢晉人中調高語鍊似覺相如為最余戲曰當日
文君之從長卿或不在琴而在此乎復相與大笑而
罷余性爽直落拓不羈芸若腐儒迂拘多體偶為披
衣整袖必連聲道得罪或遞巾授扇必起身求接余
始厭之曰卿欲以禮縛我耶語曰禮多必詐芸兩頰

發赤曰恭而有禮何反言詐余曰恭敬在心不在虛文芸曰至親莫如父母可內敬在心而外肆狂放耶余曰前言戲之耳芸曰世間反目多由戲起後勿寃妾令人鬱死余乃挽之入懷撫慰之始解顏為笑自此豈敢得罪竟成語助詞矣鴻案相莊廿有三年愈久而情愈密家庭之內或暗室相逢窄途邂逅必握手問曰何處去私心忒忒如恐旁人見之者實則同行並坐初猶避人久則不以為意芸或與人坐談見余至必起立偏挪其身余就而並焉彼此皆不覺其

所以然者始以為慚繼成不期然而然獨怪老年夫婦相視如仇者不知何意或曰非如是焉得白頭偕老哉斯言誠然歟

是年七夕芸設香燭瓜果同拜天孫于我取軒中余鐫願生生世世為夫婦圖章二方余執朱文芸執白文以為往來書信之用是夜月色頗佳俯視河中波光如練輕羅小扇並坐水窗仰見飛雲過天變態萬狀芸曰宇宙之大同此一月不知今日世間亦有如我兩人之情興否余曰納涼玩月到處有之若品論

常熟周左季家寫本

雲霞或求之幽閨繡闥慧心默證者固亦不少若夫婦同觀所品論者恐不在此雲霞耳未幾燭燼月沈撤果歸卧

七月望俗謂之鬼節芸備小酌擬邀月暢飲夜忽陰雲如晦芸愀然曰妾能與君白頭偕老月輪當出余亦索然但見隔岸螢光明滅萬點梳織于柳隄蓼渚間余與芸聯句以遣悶懷而兩韻之後逾聯逾縱想入非夷隨口亂道芸已漱涎涕淚笑倒余懷不能成聲矣覺其鬢邊茉莉濃香撲鼻因拍其背以他詞解

之曰想古人以茉莉形色如珠故供助粧壓鬢不知此花必沾油頭紛面之氣其香更可愛所供佛手當退三舍矣芸乃止笑曰佛手乃香中君子只在有意無意間茉莉是香中小人故須借人之勢其香也如脅肩諂笑余曰卿何遠君子而近小人芸曰我笑君子愛小人耳正話間漏已三滴漸見風掃雲開一輪湧出乃大喜倚窗對酌酒未三盃忽聞橋下鬨然一聲如有人墮就窗細矚波明如鏡不見一物惟聞河灘有隻鴨急奔聲余知滄浪亭畔素有溺鬼恐芸膽

怯未敢即言芸曰噫此聲也何謂乎來哉不禁毛骨皆慄急閉窗攜酒歸房一燈如豆羅帳低垂弓影盃蛇驚神未定剔燈入帳芸已寒熱大作余亦繼之困頓兩旬真所謂樂極災生亦是白頭不終之兆

中秋日余病初愈以芸半年新婦未嘗一至間壁之滄浪亭先令老僕約守者勿放閑人于將晚時偕芸及余幼妹一嫗一婢扶焉老僕前導過石橋進門折東曲逕而入疊石成山林木蔥翠亭在土山之巔循級至亭心周望極目可數里炊烟四起晚霞爛然隔

岸名近山林為大憲行臺宴集之地時正誼書院猶未啟也携一毯設亭中席地環坐守者烹茶以進少焉一輪明月已上林梢漸覺風生袖底月到波心俗慮塵懷爽然頓釋芸曰今日之遊樂矣若駕一葉扁舟往來亭下不更快哉時已上燈憶及七月十五夜之驚相扶下亭而歸吴俗婦女是晚不拘大家小户皆出結隊而遊名曰走月亮滄浪亭幽雅清曠反無一人至者

吾父稼夫公喜認義子以故余異姓弟兄有二十六

常熟周左季家寫本

人吾母亦有義女九人九人中王二姑俞六姑與芸最和好王癡憨善飲俞豪爽善談每集必逐余居外而俾三女同榻此俞六姑一人計也余笑曰俟妹于歸後我當邀妹丈來一住必十日俞曰我亦來此與嫂同榻不大妙耶芸與王微笑而已時為吾弟啟堂娶婦還居飲馬橋之倉米巷屋雖宏暢非復滄浪亭之幽雅矣吾母誕辰演劇芸初以為奇觀吾父素無忌諱點演慘別等劇老伶刻畫見者情動余窺簾見芸忽起去良久不出入內探之俞與王亦繼至見芸

一人支頤獨坐鏡奩之側余曰何不快乃爾芸曰觀劇原以陶情今日之戲徒令人腸斷耳俞與王皆笑之余曰此深于情者也俞曰嫂將竟日獨坐于此耶芸曰俟有可觀者再往耳王聞言先出請吾母點刺梁後索等劇勸芸出觀始稱快

余堂伯父素存公早亡無後吾父以余嗣焉墓在西跨塘福壽山祖塋之側每年春日必挈芸拜掃王二姑聞其地有戈園之勝請同往芸見地下小亂石有苔紋斑駁可觀指示余曰以此疊盆山較宣州白石

常熟周左季家寫本

為古致余曰若此者恐難多得王曰嫂果愛此我為拾之即向守墳者借蔴袋一鶴步而拾之每得一塊余曰善即收之余曰否即去之未幾粉汗盈盈拽袋返曰再拾則力不勝矣芸且揀且言曰我聞山果收穫必藉猴力果然王憤撮十指作哈癢狀余橫阻之責芸曰人勞汝逸猶作此語無怪妹之動憤也歸途遊戈園稱綠嬌紅爭妍競媚王素憨逢花必折芸叱曰既無瓶養又不簪戴多折何為王曰不知痛癢者何害余笑曰將來罰嫁麻面多鬚郎為花洩忿王怒

余以目擲花于地以蓮鉤撥入池中曰何欺侮我之甚也芸笑解之而罷芸初緘嘿喜聽余議論余調其言如蟋蟀之用繂草漸能發議其每日飯必用茶泡喜食芥滷乳腐吴俗呼為臭乳腐又喜食蝦滷瓜此二物余生平所最惡者因戲之曰狗無胃而食糞以其不知臭穢蜣螂團糞而化蟬以其欲修高舉也卿其狗耶螂〔蟬〕耶芸曰腐取其價廉而可粥可飯幼時食慣今至君家已如蜣螂化蟬猶喜食之者不忘本也至滷瓜之味到此初嘗耳余曰然則我家係狗竇耶

芸窘而強解曰夫糞人家皆有之要在食與不食之別耳然君喜食蒜妾亦強啖之腐不敢強瓜可掩鼻略嘗入咽當知其美此猶無鹽貌醜而德美也余笑曰卿陷我作狗耶芸曰妾作狗久矣君試嘗之以箸強塞余口余掩鼻咀嚼之似覺脆美開鼻再嚼竟成異味從此亦喜食芸以麻油加白糖少許拌滷腐亦鮮美以滷瓜搗爛拌滷腐名之曰雙鮮醬有異味余曰始惡而終好之理之不可解也芸曰情之所鍾雖醜不嫌

余啟堂弟婦王虛舟先生孫女也催粧時偶缺珠花芸出其納采所受者呈吾母婢嫗旁惜之芸曰凡為婦人已屬純陰珠乃純陰之精用為首飾陽氣全克矣何貴焉而于破書殘畫反極珍惜之書之殘缺不全者必搜集分門彙訂成帙統名之曰斷簡殘編字畫之破損者必覓故紙粘補成幅有破缺處倩予全好而捲之名曰棄餘集賞于女紅中饋之暇終日瑣瑣不憚煩倦芸于破笥爛卷中偶獲片紙可觀者如得異寶舊鄰馮嫗每收亂卷賣之其癖好與余同且

常熟周左季家寫本

能察眼意懂眉語一舉一動示之以色無不頭是道道余嘗曰惜卿雌而伏苟能化女為男相與訪名山搜勝跡遨遊天下不亦快哉芸曰此何難俟妾鬢斑之後雖不能遠遊五嶽而近地之虎阜靈巖南至西湖北至平山儘可偕遊余曰恐卿鬢斑之日步履已艱芸曰今世不能期以來世余曰來世卿當作男我為女子相從芸曰必得不昧今生方覺有情趣余笑曰幼時一粥猶談不了若來世不昧今生合巹之夕細談隔世更無合眼時矣芸曰世傳月下老人專司

人間婚姻事今生夫婦已承牽合來世姻緣亦須仰藉神力盍繪一像祀之時有苕溪戚柳隄名遵善爲人物倩繪一像一手挽紅絲一手攜杖懸姻緣簿童顔鶴髮奔馳于非煙非霧中此戚君得意筆也友人石琢堂爲題讚語于左懸之内室每逢朔望余夫婦必焚香拜禱後因家庭多故此畫竟失所在不知落誰家矣他生未卜此生休兩人癡情果邀神鑒耶余還倉米巷顔其卧樓曰賓香閣蓋以芸名而取如賓意也院窄牆高一無可取後有廂樓通藏書處開

窗對陸氏廢園但有荒涼之象滄浪風景時切芸懷有老嫗居金母橋之東埂巷之北繞屋皆菜圃編籬為門門外有池約畝許花光樹影錯雜籬邊其地即元末張士誠王府廢基也屋西數武瓦礫堆成土山登其巔可遠眺地曠人稀頗饒野趣嫗言偶及芸神往不置謂余曰自別滄浪夢魂常繞余不得已而思其次其老嫗之居乎余曰連朝秋暑灼人正思得一清涼地以銷長晝卿若願往我先觀其家可居即襆被而往作一月盤桓何如芸曰恐堂上不許余曰我

自請之越日至其地屋僅二間前後隔而為四紙窗竹榻頗有幽趣老嫗知余意欣然出其卧室為賃四壁糊以白紙頓覺改觀于是稟知吾母挈芸居焉鄰僅老夫婦二人灌園為業知余夫婦避暑于此先來通慇懃并釣池魚摘園蔬為饋償其價不受芸作鞋報之始謝而受時方七月緑樹陰濃水面風來蟬鳴聒耳鄰老又為製魚竿與芸垂釣于柳陰深處日落時登土山觀晚霞夕照隨意聯吟有獸雲呑落日弓月彈流星之句少焉月印池中蟲聲四起設竹榻于

常熟周左季家寫本

籬下老嫗報酒温飯熟遂就月光對酌微醺而飯浴罷則涼鞵蕉扇或坐或卧聽鄰老談因果報應事三鼓歸卧週體清涼幾不知身居城市矣籬邊倩鄰老購菊遍植之九月花開又與芸居十日吾母亦欣然來觀持螯對菊賞玩竟日芸喜曰他年當與君卜築于此買繞屋菜園十畝課僕嫗種植瓜蔬以供薪水君畫我繡以為需酒之需布衣菜飯可樂終身不必作遠計也余深然之今即得有境地而知己淪亡可勝浩歎

離余家半里許醋庫巷有洞庭君祠俗呼水仙廟迴廊曲折小有園亭每逢神誕衆姓各認一落密懸一式之玻璃燈中設寶座旁列瓶几插花陳設以較勝負日惟演戲夜則參差高下插燭于瓶花間名曰花照花花光燈影寶鼎香浮若龍宮夜宴司事者或笙簫歌唱鼓或煮茗清談觀者如蟻集簷下皆設欄為限余為衆友邀去插花布置因得躬逢其盛歸家向芸艷稱之芸曰惜妾非男子不能往余曰冠我冠衣我衣亦化女為男之法也于是散髻為辮添掃蛾眉加

常熟周左季家寫本

余冠微露兩鬢尚可掩飾服余衣長一寸有半于腰間折而縫之外加馬褂芸曰腳下將奈何余曰坊間有蝴蝶履小大由之購亦極易且早晚可代睡鞋之用不亦善乎芸欣然及晚餐後裝束既畢効男子拱手闊步者良久忽變卦曰妾不去矣為人識出既不便堂上聞之又不可余慫恿曰廟中司事者誰不知我即識出亦不過付之一笑耳吾母現在九妹丈家密去密來焉得知之芸攬鏡自然狂笑不已余強挽之悄然徑去遍遊廟中無識出為女子者或問何人

以表弟對拱手而已最後至一處有少婦幼女坐于所設寶座後乃楊姓司事者之眷屬也芸忽趨彼通欵曲身一側而不覺一手按少婦之肩旁有婢媼怒而起曰何物狂生不法乃爾余欲為措詞掩飾芸見勢惡即脫帽翹足示之曰我亦女子耳相與愕然轉怒為歡留茶點喚肩輿送歸

吴江錢師竹病故吾父信歸命余往弔芸私謂余曰吴江必經太湖妾欲偕往一寬眼界余曰正慮獨行踽踽得卿同行固妙但無可託詞耳芸曰託言歸甯

君先登舟妾當繼至余曰若然歸途當泊舟萬年橋下與卿待月乘涼以續滄浪亭韻事時六月十八日也是日早涼攜一僕先至胥江渡口登舟而待芸果肩輿至解維出虎嘯橋漸見風帆沙鳥水天一色芸曰此即所謂太湖耶今得見天地之寬不虛此生矣想閨中人有終身不能見此者閒話未幾風搖岸柳已抵江城余登岸拜奠畢歸視舟中洞然急詢舟子舟子指曰不見長橋柳陰下觀魚鷹捕魚者乎蓋芸已與船家女登岸矣余至其後芸猶粉汗盈盈倚女而

出神焉余拍其肩曰羅衫汗透矣芸回首曰恐錢家有人到舟故暫避之君何回來之速也余笑曰欲捕逃耳于是相挽登舟返棹至萬年橋下陽烏猶未落也舟窗盡落清風徐來紈扇羅衫剖瓜解暑少焉霞映橋紅煙籠柳暗銀蟾欲上漁火滿江矣命僕至船梢與舟子同飲船家女名素雲與余有盃酒交人頗不俗招之與芸同坐船頭不張燈火待月快酌射覆為令素雲雙目閃閃聽良久曰觴政儂頗嫻習從未聞有斯令願受教芸即譬其言而開導之終茫然余

笑曰女先生且罷論我有一言作譬即瞭然矣芸曰君若何譬之余曰鶴善舞而不能耕牛善耕而不能舞物性然也先生欲反而教之無乃勞乎素雲笑捶余肩曰汝駡我耶芸出令曰後許動口不許動手違者罰大觥素雲量豪滿斟一觥一吸而盡余曰動手但准摸索不准捶人芸笑挽素雲置余懷曰請君摸索暢懷余笑曰卿非解人摸索在有意無意間耳擁而狂探田舍郎之所為也時四鬢所簪茉莉為酒氣所蒸雜以粉汗油香芳馨透鼻余戲曰小人臭味充

滿船頭令人作惡素雲不禁握拳連捶曰誰教汝狂嗅耶芸呼曰違令罰兩大觥素雲曰彼又以小人罵我不應捶曰[耶]芸曰彼之所謂小人蓋有故也請乾此當告汝素雲乃連盡兩觥芸乃告以滄浪舊居乘涼事素雲曰若然真錯怪矣當再罰又乾一觥芸曰久聞素娘善歌可一聆妙音否素即以象箸擊小碟而歌芸欣然暢飲不覺酩酊乃乘輿先歸余又與素雲茶話片刻步月而回時余寄居友人魯半舫家蕭爽樓中越數日魯夫人誤有所聞私告芸曰前日聞若

婿挾兩妓飲于萬年橋舟中子知之否芸曰有之其一即我也因以偕遊始末詳告之魯大笑釋然而去

乾隆甲寅七月余自粵東歸有同伴攜妾回者曰徐秀峰余之表妹婿也艷稱新人之美邀芸往觀芸他日謂秀峰曰美則美矣韻猶未也秀峯曰然則若郎納妾必美而韻者乎芸曰然從此癡心物色而短于資時有浙妓温冷香者寓于吳有詠柳絮四律沸傳吳下好事者多和之余友吳江張閑憨素賞冷香攜柳絮詩索和芸微其人而置之余技癢而和其韻中

有觸我春愁偏婉轉撩他離緒更纏綿之句芸甚擊節明年己卯秋八月五日吾母將挈芸遊虎邱閑憨忽至曰余亦有虎邱之遊今日特邀君作探花使者因請吾母先行期于虎邱半塘相晤拉余至冷香寓見冷香已老有女名憨園瓜期未破亭亭玉立真一一泓秋水照人寒者也欵接間頗知文墨有妹文園尚雛余此時初無癡想且念一盃之敘非寒士所能酬而既入個中私心忐忑强為酬答因私謂閑憨曰余貧士也子以尤物玩我乎閑憨笑曰非也今日有

友人邀憩園答我席主為尊客拉去我代客轉邀客毋煩他慮也余始釋然至半塘兩舟相遇令憩園過舟即見吾母芸憩相見歡同舊識攜手登山備覽名勝芸獨愛千頃雲高曠坐賞良久返至野芳濱暢飲甚歡並舟而泊及解維芸謂余曰子陪張君留憩陪妾可乎余諾之返棹至都亭橋始過船分袂歸家已三鼓芸曰今日得見美而韻者矣頃已約憩園明日過我當為子圖之余駭曰此非金屋不能貯窮措大豈敢生此妄想哉況我兩人伉儷正篤何必外求芸

笑曰我自愛之子姑待之明午憨果至芸慇懃款接
筵中以猜枚贏吟輸飲為令終席無一羅致語及憨
園歸芸曰頃又與密約十八日來此結為姊妹子宜
備牲牢以待笑指臂上翡翠釧曰若此見釧屬于憨
事必諧矣頃已吐意未深結其心也余姑聽之十八
日大雨憨竟冒兩至入室良久始挽手出見余有羞
色蓋翡翠釧已在憨臂矣焚香結盟後擬再續前飲
敵憨有石湖之遊即別去芸欣然告余曰麗人已得
君何以謝妹耶余詢其詳芸曰向之秘言恐憨意另

有所屬也頃探之無他語之曰妹知今日之意否憨曰蒙夫人擡舉真蓬蒿倚玉樹也但吾母望我奢恐難自主耳願彼此緩圖之銳釧上臂時又語之曰玉取其堅且有團圞不斷之意妹試籠之以為先兆憨曰聚合之權總在夫人也即此觀之憨心已得所難必者冷香耳當再圖之余笑曰卿將效笠翁之憐香伴耶芸曰然自此無日不談憨園矣後憨為有力者奪去不果芸竟以之死

常熟周左季家寫本

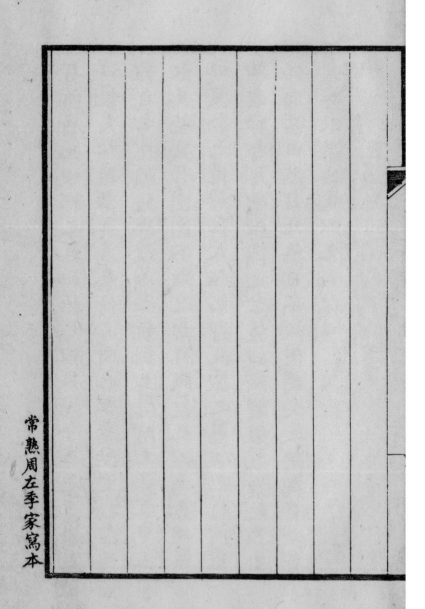

浮生六記卷二

蘇州沈三白著

閑情記趣

余憶童稚時能張目對日明察秋毫見藐小微物必細察其紋理故時有物外之趣夏蚊成雷私擬作羣鶴舞空心之所向則或千或百果然鶴也昂首觀之項為之强又留蚊于素帳中徐噴以烟使其冲烟飛鳴作青雲白鶴觀果如鶴唳雲端怡然稱快于土牆凹凸處花臺小草叢雜處常蹲其身使與臺齊定神

細視以叢草為林以蟲蟻為獸以土礫凸者為邱凹者為壑神遊其中怡然自得一日見二蟲鬥草間觀之興正濃忽有龐然大物拔山倒樹而來蓋一癩蝦蟆也舌一吐而二蟲盡為所吞余年幼方出神不覺哈然驚恐神定捉蝦蟆鞭數十驅之別院年長思之二蟲之鬥蓋圖姦不從也古語云姦近殺蟲亦然耶貪此生涯卵為蚯蚓所哈 吳俗呼陽曰卵 腫不能便捉鴨開口哈之婢嫗偶釋手鴨顛其頸作吞噬狀驚而大哭傳為語柄此皆幼時閑情也及長愛花

常熟周左季家寫本

成癖喜剪盆樹識張蘭坡始精剪枝養節之法繼悟接花疊石之法花以蘭為最取其幽香韻致也而瓣品之稍堪入譜者不可多得蘭坡臨終時贈余荷瓣素心春蘭一盆皆肩平心闊莖細瓣淨可以入譜者余珍如拱璧值余幕游于外芸能親為灌溉花葉頗茂不二年一旦忽萎死起根視之皆白如玉且蘭芽勃然初不可解以為無福消受浩歎而已事後始悉有人欲分不允故用滾湯灌殺也從此誓不植蘭次取杜鵑雖無香而色可久玩且易剪裁以芸惜枝憐

葉不忍暢剪故難成樹其他盆玩皆然惟每年籬東
菊綻秋興成癖喜摘插瓶不愛盆玩非盆玩不足觀
以家無園圃不能自植貨于市者俱叢雜無致故不
取耳其插花朵數宜單不宜雙每瓶取一種不取二
色瓶口取闊大不取窄小闊大者舒展不拘五七花
至三四十花必于瓶口中一叢怒起以不散漫不擠
軋不靠瓶口為妙所謂起把宜緊也亭亭玉立或飛
舞横斜花取參差間以花蕊以免飛鈸耍盤之病葉
取不亂梗取不强用針宜藏針長寧斷之毋令針針

常熟周左季家寫本

露梗所謂瓶口宜清也視桌之大小一桌三瓶而止瓶而止多則眉目不分即同市井之菊屏矣几之高低自三四寸至二尺五六寸而止必須參差高下互相照應以氣勢聯絡為上若中高兩低後高前低成排對列又犯俗所謂錦灰堆矣或密或密或疎或進或出全在會心者得畫意乃可若盆碗盤洗用漂青松香榆皮麵和油先熬以稻灰收成膠以銅片按釘向上將膏火化粘銅片于盤碗盆洗中俟冷將花用鐵絲紮把插于釘上宜偏斜取勢不可居中更宜枝疏葉

清不可擁擠然後加水用碗沙少許掩銅片使觀者疑叢花生于碗底方妙若以木本花果插瓶剪裁之法不能色色自覓倩人攀折者每不合意必先執在手中橫斜以觀其勢反側以取其態相定之後剪去雜枝以疎瘦古怪為佳再思其梗如何入瓶或折或曲插入瓶口方免背葉側花之患若一枝到手先拘定其梗之直者插瓶中勢必枝亂梗強花側葉背既難取態更無韻致矣折梗打曲之法鋸其梗之半而嵌以磚石則直者曲矣如患梗倒敧一二釘以篏之

即楓葉竹枝亂草荊棘均堪入選或綠竹一竿配以枸杞數粒幾莖細草伴以荊棘兩枝苟位置得宜另有世外之趣若新栽花木不妨歪斜取勢聽其葉側一年後枝葉自能向上如樹樹直栽即難取勢矣至剪栽盆樹先取根露雞爪者左右剪成三節然後起枝一枝一節七枝到頂或九枝到頂枝忌對節如肩臂節忌臃腫如鶴膝須盤旋出枝不可光留左右以避赤胸露背之病又不可前後直出有名雙起三起者一根而起兩三樹也如根無爪形便成插樹故不

取然一樹翦成至少得三四十年余生平僅見吾鄉萬翁名彩章者一生剪成數樹又在揚州商家見有虞山遊客携送黄楊翠柏各一盆惜乎明珠暗投餘未見其可也若留枝盤如寶塔紥枝曲如蚯蚓者便成匠氣矣點綴盆中花石小景可以入畫大景可以入神一甌清茗神能趨入其中方可供幽齋之玩種水仙無靈壁石余嘗以炭之有石意者代之黄芽菜心其白如玉取大小五七枝用沙土植長方盆内以炭代石黑白分明頗有意思以此類推幽趣無窮難

以枚舉如石菖蒲結子用冷米湯同嚼噴炭上置陰濕地能長細菖蒲隨意移養盆碗中茸茸可愛以老蓮子磨薄兩頭入蛋殼使雞翼之俟雛成取出用久年燕巢泥加天門冬十分之二搗爛拌匀植於小器中灌以河水曬以朝陽花發大如酒盃葉縮如碗口亭亭可愛若夫園亭樓閣套室迴廊疊石成山栽花取勢又在大中見小小中見大虛中有寔寔中有虛或藏或露或淺或深不僅在周迴曲折四字又不在地廣石多徒煩工費或掘地堆土成山間以塊石雜

以花草籬用梅編牆以藤引則無山而成山矣大中見小者散漫處植易長之竹編易茂之梅以屏之小中見大者窄院之牆宜凹凸其形飾以綠色引以藤蔓嵌大石鑿字作碑記形推窗如臨石壁便覺峻峭無窮虛中有實者或山窮水近處一折而豁然開朗或軒閣設廚處一開而可通別院實中有虛者開門於不通之院映以竹石如有實無也設矮欄干牆頭如上有月臺而實虛也貧士屋少人多當仿吾鄉太平船後梢之位置再加轉移其間臺級為牀前後借

湊可作三榻間以板而裱以紙則前後上下皆越絶譬之如行長路即不覺其窄矣余夫婦喬寓揚州時曾仿此法屋僅兩椽上下卧房廚竈客座皆越絶而綽然有餘芸曾笑曰位置雖精終非富貴家氣象也是誠然與

余掃墓山中檢有巒紋可觀之石歸與芸商曰用油灰疊宣州石于白石盆取色勻也本山黃石雖古樸亦用油灰則黃白相間鑿痕畢露將奈何芸曰擇石之頑劣者搗末于灰痕處乘濕糝之乾或色同也乃

如其言用宜興窰長方盆疊起一峯偏于左而凸于右背作橫方紋如雲林石法巉巖凹凸若臨江石磯狀虛一角用河泥種千瓣白萍石上植蔦蘿俗呼雲松經營數日乃成至深秋蔦蘿蔓延滿山如藤蘿之懸石壁花開正紅色白萍亦透水大放紅白相間神遊其中如登蓬島置之簷下與芸品題此處宜設水閣此處宜立茅亭此處宜鑿六字曰落花流水之間此可以居此可以釣此可以眺胸中邱壑若將移居者然一夕貓奴爭食自簷而墮連盆與架頃刻碎之

余歎曰即此小經營尚干造物忌耶兩人不禁淚落

靜室焚香閑中雅趣芸嘗以沈速等香于飯鑊蒸透在罏上設一銅絲架離火半寸許徐徐烘之其香幽韻而無煙佛手忌醉鼻嗅嗅則易爛木瓜忌出汗汗出用水洗之惟香圓無忌佛手木瓜亦有供法不能筆宣每有人將供妥者隨手取嗅隨手置之即不知供法者也

余閑居案頭瓶花不絕芸曰子之插花能備風晴雨露可謂精妙入神而畫中有草蟲一法盍倣而效之

余曰蟲躑躅不受制焉能仿效芸曰有一法恐作俑
罪過耳余曰試言之曰蟲死色不變覓螳螂蟬蝶之
屬以針刺死用細絲扣蟲項繫草間整其足或抱梗
或踏葉宛然如生不亦善乎余喜如其法行之見者
無不稱絕求之閨中今恐未必有此會心者矣
余與芸寄居錫山華氏時華夫人以兩女從芸識字
鄉居院曠夏日逼人芸教其家作活花屏法甚妙每
屏一扇用木梢二枝約長四五寸作矮條欖式虛其
中橫四擋寬一尺許四角鑿圓眼插竹編方眼屏約

高六七尺用砂盆種扁豆置屏中盤延屏上兩人可移動多編數屏隨意遮攔恍如綠陰滿窗透風蔽日紆迴曲折時隨時可更故曰活花屏有此一法即一切藤本香草隨地可用此真鄉居之良法也

友人魯半舫名璋字春山善寫松柏及梅菊工隸書兼工鐵筆余寄居其家之蕭爽樓一年有半樓共五椽東向余居其三晦明風雨可以遠眺庭中木犀一株清香撩人有廊有廂地極幽靜移居時有一僕一嫗并挈其小女來僕能成衣嫗能紡績于是芸繡嫗

績僕則成衣以供薪水余素愛客小酌必行令芸善
不費之烹庖瓜蔬魚蝦一經芸手便有意外味同人
知余貧每出杖頭錢作竟日敘余又好潔地無纖塵
且無拘束不嫌放縱時有楊補凡名昌緒善人物寫
真袁少迂名沛工山水王星瀾名巖工花卉翎毛愛
蕭爽樓幽雅皆携畫具來余則從之學畫寫草篆鐫
圖章加以潤筆交芸備茶酒供客終日品詩論畫而
已更有夏淡安揖山兩昆季并繆山音知白兩昆季
及蔣韻香陸橘香周嘯霞郭小愚華杏帆張閑酣諸

常熟周左季家寫本

君子如梁上之燕自去自來芸則拔釵沽酒不動身色良辰美景不放輕過今則天各一方風流雲散兼之玉碎香埋不堪回首矣非所謂當日渾間事而今盡可憐者乎

蕭爽樓有四忌談官宦陞遷公廨時事八股時文看牌擲色有犯必罰酒五斤有四取慷慨豪爽風流蘊藉落拓不羈澄靜緘默長夏無事攷對為會每會八人每人各攜青蚨二百先拈鬮得第一者為主考關防別座第二者為謄錄亦就座餘作舉子各于謄錄

處取紙一條蓋用印章主考出五七言各一句刻香為限行立構思不准交頭私語對就後投入一匣方許就座各人交卷畢謄錄啟匣併錄一冊轉呈主考以杜徇私十六對中取七言三聯五言六聯六聯中取第一者即為後任主考第二者為謄錄每人有兩聯不取者罰錢二十文取一聯者免罰十文過限者倍罰一塲主考得香錢百文一日可十塲積錢千文酒資大暢矣惟芸議為官卷准坐而構思

楊補凡為余夫婦寫載花小影神情確肖是夜月色

頗佳蘭影上粉牆别有幽致星瀾醉後興發曰補凡
能為君寫真我能為花圖影余笑曰花影能如人影
否星瀾取素紙鋪于牆即就蘭影用墨濃淡圖之日
間取視雖不成畫而花葉蕭踈自有月下之趣芸甚
寶之各有題咏
蘇城有南園二處菜花黄時苦無酒家小飲攜盒而
往對花冷飲殊無意味或議就近覓飲者或議看花
歸飲者終不如對花熱飲為快衆議未定芸笑曰明
日但各出杖頭錢我自擔爐火來衆笑曰諾衆去余

問曰卿果自往乎芸曰非也妾見市中賣餛飩者其
擔鍋竈無不備盍雇之而往妾先烹調端整到彼處
再一下鍋茶酒兩便余曰酒菜固便矣茶乏烹具芸
曰携一砂罐去以鐵叉串罐柄去其鍋懸于行竈中
加柴火煎茶不亦便乎余鼓掌稱善街頭有鮑姓者
賣餛飩為業以百錢雇其擔約以明日午後鮑欣然
允議明日看花者至余告以故衆咸嘆服飯後同往
并帶席墊至南園擇柳陰下團坐先烹茗飲畢然後
煖酒烹餚是時風和日麗徧地黄金青衫紅袖越阡

度陌蝶蜂亂飛令人不飲自醉既而酒肴俱熟坐地大嚼擔者頗不俗拉與同飲遊人見之莫不羨為奇想杯盤狼藉各已陶然或坐或卧或歌或嘯紅日將頹余思粥擔者即為買米煮之果腹而歸芸問曰今日之遊樂乎衆曰非夫人之力不及此大笑而散

貧士起居服食以及器皿房舍宜省儉而雅潔省儉之法曰就事論事余愛小飲不喜多菜芸為置一梅花盒用二寸白磁深碟六隻中置一隻外置五隻用灰漆就其形如梅花底蓋均起凹楞蓋之上有柄如

花蒂置之案頭如一朵墨梅覆桌啟蓋視之如菜裝于花瓣中一盒六色二三知己可以隨意取食食完再添另做矮邊圓盤一隻以便放杯箸酒壺之類隨處可擺移掇亦便即食物省儉之一端也余之小帽領襪皆芸自做衣之破者移東補西必整必潔色取闇淡以免垢跡既可出客又可家常此又服飾省儉之一端也初至蕭爽樓中嫌其暗以白紙糊壁遂亮夏月樓下去窗無闌干覺空洞無遮攔芸曰有舊竹簾在何不以簾代欄余曰如何芸曰用竹數根黝黑

常熟周左季家寫本

色一豎一横留出走路截半簾搭在横竹上垂至地
高與桌齊中豎短竹四根用麻線扎定然後于横竹
搭簾處尋舊黑布條連横竹裹縫之既可遮攔飾觀
又不費錢此就事論事之一法也以此推之古人所
謂竹頭木屑皆有用良有以也
夏月荷花初開時晚含而曉放芸用小紗囊撮茶葉
少許置花心明早取出烹天泉水泡之香韻尤絶

常熟周左季家寫本

浮生六記卷三

坎坷記愁

蘇州沈三白署

人生坎坷何為乎來哉往往皆自作孽耳余則非也多情重諾爽直不羈轉因之為累況吾父稼夫公慷慨豪俠急人之難成人之事嫁人之女撫人之兒指不勝屈揮金如土多為他人余夫婦居家偶有需用不免典質始則移東補西繼則左支右絀諺云處家人情非錢不行先起小人之議漸招同室之譏女子

無才便是德眞千古至言也
余雖居長而行三故上下呼芸為三娘後忽呼為三
太太始而戲呼繼成習慣甚至尊卑長幼皆以三太
太呼之此家庭之變機歟
乾隆乙巳隨侍吾父于海甯官舍芸于吾家書中附
寄小函吾父曰媳婦既能筆墨汝母家信付彼司之
後家庭偶有閒言吾母疑其述事不當仍不令代筆
吾父見信非芸手筆詢余曰汝婦病耶余即作札問
之亦不答久之吾父怒曰想汝婦不屑代筆耳迨余

歸探知委曲欲為婉剖芸急止之曰寧受責于翁勿失歡于姑也竟不自白

庚戌之春予又隨侍吾父于邗江幕中有同事俞孚亭者挈眷居焉吾父謂孚亭曰一生辛苦常在客中覓一起居服役之人而不可得兒輩果能仰體親意當于家鄉覓一人來庶語音相合孚亭轉述于余密札致芸倩媒物色得姚氏女芸以成否未定未即稟知吾母其來也託言鄰女之嬉遊者及吾父命余接取至署芸又聽旁人意見託言吾父素所合意者吾

母見之曰此鄰女之嬉遊者也何娶之乎芸遂并失
愛于姑矣
壬子春余館真州吾父病于邗江余往省亦病焉余
弟啟堂時亦隨侍芸來書曰啟堂弟曾向鄰婦借貸
倩芸作保現追索甚急余詢啟堂啟堂轉以嫂氏為
多事余遂批紙尾曰父子皆病無錢可償俟啟弟歸
時自行打算可也未幾病皆愈余仍往真州芸覆書
來吾父折視之中述啟弟鄰項事且云令堂以老人
之病皆由姚姬而起翁病稍痊宜密囑姚託言思家

常熟周左季家寫本

妾當令其家父母到揚接取寔彼此卸責之計也吾父見書怒甚詢啟堂以鄰項事答言不知遂札飭余曰汝婦背夫借債讒謗小叔且稱姑曰令堂翁曰老人悖謬之甚我已專人持札回蘇斥逐汝若稍有人心亦當知過余接此札如聞青天霹靂即肅書認罪覓騎遄歸恐芸之短見也到家述其本末而家人乃持逐書至歷斥多過言甚決絶芸泣曰妾固不合妄言但阿翁當恕婦女無知耳越數日吾父有手諭至曰我不為已甚汝攜婦別居勿使我見免我生氣足

矣乃寄芸于外家而芸以母亡弟出不願往依族中
幸友人魯半舫聞而憐之招余夫婦往居其家蕭爽
樓越兩載吾父漸知始末適余自嶺南歸吾父自至
蕭爽樓謂芸曰前事我已盡知汝盍歸乎余夫婦欣
然仍歸故宅骨月重圓豈料又有憨園之孽障耶
芸素有血疾以其弟克昌出亡不返母金氏復念子
病没悲傷過甚所致自識憨園年餘未發余方幸其
得良藥而憨為有力者奪去以千金作聘且許養其
母佳人已屬沙吒利矣余知之而未敢言也及芸往

探始知之歸而嗚咽謂余曰初不料憨之薄情乃爾也余曰卿自情癡耳此中有情之有哉—況錦衣玉食者未必能安于荊釵布裠也與其後悔莫若無成因撫之再三而芸終以愛愚為恨血疾大發牀席支離刀圭無效時發時止骨瘦形銷不數年而逋負日增物議日起老親又以盟妓一端憎惡日甚余則調停中立已非生人之境矣芸生一女名青君時年十四頗知書且極賢能質釵典服幸賴辛勞子名逢森時年十二從師讀書余連年無館設一書畫鋪于家

門之內三日所進不敷一日所出焦勞困苦竭蹶時
形隆冬無裘挺身而過青君亦衣單股慄猶强曰不
寒因是芸誓不醫藥偶能起床適余有友人周春煦
自福郡王幕中歸倩人繡心經一部芸念繡經可以
消災降福且利其繡價之豐竟繡焉而春煦行色忽
忽不能久待十日告成弱者驟勞致增腰痠頭暈之
疾豈知命薄者佛亦不能發慈悲也
繡經之後芸病轉增喚水索湯上下厭之有西人賃
屋于余畫鋪之左放利債為業時債余作畫因識之

常熟周左季家寫本

友人某向渠借五十金乞余作保余以情有難卻允焉而某竟挾資遠遁西人惟保是問時來饒舌初以筆墨為抵漸至無物可償歲底吾父家居西人索債咆哮于門吾父聞之召余訶責曰我輩衣冠之家何得負此小人之債正剖訴間適芸有自幼同盟姊適錫山華氏知其病遣人問訊堂上誤以為憨園之使因愈怒曰汝婦不守閨訓結盟娼妓汝亦不思習上濫伍小人若置汝死地情有不忍姑寬三日限速自為計遲必首汝逆矣芸聞而泣曰親怒如此皆我罪

孽妾死君行君必不忍妾留君去君必不捨姑密喚華家人來我强起問之因令青君扶至房外呼華使問曰汝主母特遣來耶抑便道來耶曰主母人聞夫人卧病本欲親來探望因從未登門不敢造次臨行囑付倘夫人不嫌鄉居簡褻不妨到鄉調養踐幼時燈下之言蓋芸與同繡日曾有疾病相扶之誓也因囑之曰煩汝速歸稟知主母于兩日後放舟密來其人既退謂余曰華家盟姊情逾骨月君若肯至其家不妨同行但兒女攜之同往既不便留之累親又不

常熟周左季家寫本

可必于兩日內安頓之時余有表兄王藎臣一子名韞石願得青君為媳婦芸曰聞王郎懦弱無能不過守成之子而王又無成可守幸詩禮之家且又獨子許之可也余謂藎臣曰吾父與君有渭陽之誼欲媳青君諒無不允但待長而嫁勢所不能余夫婦往錫山後君即稟知堂上先為童媳何如藎臣喜曰謹如命逢森亦託友人夏揖山轉荐學貿易安頓已定華舟適至時庚申之臘廿五日也芸曰孑然出門不惟招隣里笑且西人之項無著恐亦不放必于明日五

鼓悄然而去余曰卿病中能冒曉寒耶芸曰死生有命無多慮也密稟吾父亦以為然是夜先將半肩行李挑下船令逢森先卧青君泣于母側芸囑曰汝母命苦兼亦情癡故遭此顛沛幸汝父待我厚此去可無他慮兩三年内必當布置重圓汝至汝家須盡婦道勿似汝母汝之翁姑以得汝為幸必善視汝所留箱籠什物盡付汝帶去汝弟年幼故未令知臨行時託言就醫數日即歸俟我去遠告知其故稟聞祖父可也旁有舊嫗即前卷中曾賃其家消暑者願送至

鄉故是時陪侍在側拭淚不已將交五鼓煖粥共啜之芸强顏笑曰昔一粥而聚今一粥而散若作傳奇可名吃粥記矣逢森聞聲亦起呻曰母何為芸曰將出門就醫耳逢森曰起何早曰路遠耳汝與姊相安在家毋討祖母嫌我與汝父同往數日即歸雞聲三唱芸含淚扶嫗啟後門將出逢森忽大哭曰噫我母不歸矣青君恐驚人急掩其口而慰之當是時余兩人寸腸已斷不能復作一語但止以勿哭而已青君閉門後芸出巷十數步已疲不能行使嫗提燈余背

負之而行將至舟次幾有邏者所執幸老嫗認芸為病女余為壻且得舟子皆華氏工人聞聲接應相扶下船解維後芸始放聲痛哭是行也其母子已成永訣矣

華名大成居無錫之東高山面山而居躬畊為業人極樸誠其妻夏氏即芸之盟姊也是日午未之交始抵其家華夫人已倚門而待率兩小女至舟相見甚歡扶芸登岸欵待慇懃四鄰婦人孺子鬨然入室將芸環視有相問訊者有相憐惜者交頭接耳滿屋啾

歟芸謂華夫人曰今日真如漁父入桃源矣華曰妹莫笑鄉人少所見多在怪耳自此相安度歲至元宵僅隔兩旬而芸漸能起步是夜觀龍燈于打麥場中神情態度漸可復元余乃心安與之私議曰我居此非計欲他適而短于資奈何芸曰妾亦籌之矣君姊丈范惠來現于靖江鹽公堂司會計十年前曾借君十金適數不敷妾典釵湊之君憶之耶余曰忘之矣芸曰聞靖江去此不遠君盍一往余如其言時天頗暖織絨袍嗶嘰短褂猶覺其熱此辛酉正月十六日

也是夜宿錫山客旅賃被而卧晨起趁江陰航船一路逆風繼以微雨夜至江陰江口春寒徹骨沽酒禦寒囊為之罄躊躇終夜擬卸襯衣質錢而渡十九日北風更烈雪勢猶濃不禁慘然淚落暗計房資渡費不敢再飲正心寒股慄間忽見一老翁草鞋氈笠負黃包入店以目視余似相識者余曰翁非泰州曹姓耶答曰然我非公死填溝壑矣今小女無恙時誦公德不意今日相逢何逗留于此蓋余慕泰州時有曹姓本微賤一女有姿色已許壻家有勢力者放債謀

其女致涉訟余從中調護仍歸所許曹即投入公門為隸叩首作謝故識之余告以投親遇雪之由曹曰明日天晴我當順途相送出錢沽酒備極款洽二十日曉鐘初動即聞江口喚渡聲余驚起呼曹同濟曹曰勿急宜飽食登舟乃代償房飯錢拉余出沽余以連日逗遛急欲赶渡食不下咽強啖麻餅兩枚及登舟江風如箭四肢發戰曹曰聞江陰有人縊于靖其妻僱是舟而往必俟僱者來始渡耳枵腹忍寒午始解纜至靖暮煙四合矣曹曰靖有公堂兩處所訪者

城内耶城外耶余踉蹌隨其後且行且對曰寔不知
其内外耶曹曰然則且止宿明日往訪耳進旅店鞵
韈已為泥淤濕透索火烘之草草飲食疲極酣睡晨
起韈燒其半曹又代償房飯錢訪至城中惠來尚未
起聞余至披衣出見余狀驚曰舅何狼狽至此余曰
姑勿問有銀乞借二金先遣送我者惠來以番餅二
元授余即以贈曹曹力却受一圓而去余乃歷述所
遭并言來意惠來曰郎舅至戚即無宿逋亦應竭盡
綿力無如航海鹽船新被盜正當盤賬之時不能挪

移豐贈當勉措番銀二十圓以償舊欠何如余本無奢望遂諾之留住兩日天已晴暖即作歸計廿五日仍回華宅芸曰君遇雪乎余告以所苦因慘然曰雪時妾以君為抵靖乃尚逗留江口幸遇曹老絕處逢生亦可謂吉人天相矣矣越數日得青君信知逢森已為揖山荐引入店蓋臣請命于吾父擇正月二十四日將伊接去兒女之事粗能了了但分離至此令人終覺慘傷耳

二月初日暖風和以靖江之項薄備行裝訪故人胡

肯堂于邗江鹽署有貢局衆司事公延入局代司筆墨身心稍定至明年壬戌八月接芸書曰病體全瘳惟寄食于非親非友之家終覺非久長之策願亦來邗一覩平山之勝余乃賃屋于邗江先春門外臨河兩椽自至華氏接芸同行華夫人贈一小奚奴曰阿雙帮司炊爨並訂他年結鄰之約時已十月平山淒冷期以春遊滿望散心調攝徐圖骨月重圓不兩月而貢局司事忽裁十有五人余係友中之友遂亦散閒芸始猶百計代余籌畫强顔慰籍未嘗稍涉怨尤

至癸亥仲春血疾大發余欲再至靖江作將伯之呼芸曰求親不如求友余曰此言雖是奈友雖關切現皆閒處自顧不遑芸曰幸天時已暖前途可無阻雪之慮願君速去速回勿以病人為念君或體有不安妾罪更重矣時已薪水不繼余佯為雇騾以安其心實則囊餅徒步且食且行向東南兩渡叉河約八九十里四望無村落至更許但見黃沙漠漠明星閃閃得一土地祠高約五尺許環以短牆植以雙柏因向神叩首祝曰蘇州沈某投親失落至此欲假神詞一

宿幸神憐佑于是移小石香爐于旁以身探之僅容半體以風帽反戴掩面坐半身于中出膝于外閉目靜聽微風蕭蕭而已足疲神倦昏然睡去及醒東方已白短牆外忽有步語聲急出探視蓋土人赶集經此也問以途曰南行十里即泰興縣城穿城向東南十里一土墩過八墩即靖江皆康莊也余乃反身移爐于原位叩首作謝而行過泰興即有小車可附申刻抵靖投刺焉良久司閽者曰范爺因公往常州去矣察其辭色似有推託余詰之曰何日可歸曰不知

也余曰雖一年亦將待之閽者佘余意私問者公與范爺嫡郎舅耶余曰苟非嫡者不待其歸矣閽者曰公姑待之越三月乃以回靖告共挪二十五金雇騾急返芸正形容慘變咻咻涕泣見余歸卒然曰君知昨午阿雙捲逃乎倩人大索今猶不得失物小事人係伊母臨行再三交託今若逃歸中有大江之阻已覺堪虞倘其父母匿子圖詐將奈之何且有何顏見我盟姊余曰請勿急卿慮過深矣匿子圖詐詐其富有也我夫婦兩肩擔一口耳況攜來半載授衣分食

從未稍加撲責鄰里咸知此實小奴喪良乘危竊逃華家盟姊贈以匪人彼無顏見卿卿何反謂無顏見彼耶今當一面呈縣立案以杜後患可也芸聞余言意似稍釋然自此夢中囈語時呼阿雙逃矣或呼憨何負我病勢日以增矣余欲延醫診治芸阻曰妾病始因弟亡母喪悲痛過甚繼為情感後由忿激而平素又多過慮滿望努力做一好媳婦而不能得以至頭眩怔忡諸症畢備所謂病入膏肓良醫束手請勿為無益之費憶妾唱隨二十三年蒙君錯愛百凡體

常熟周左季家寫本

恤不以頑劣見棄知己如君得壻如此妾已此身無憾若布衣暖菜飯飽一室雍雍優游泉石如滄浪亭蕭爽樓之處境真成煙大神仙矣神仙幾世纔能修到我輩何人敢望神仙耶強而求之致干造物之忌即有情魔之擾總因君太多情妾生薄命耳因又嗚咽而言曰人生百年終歸一死今中道相離忽焉長別不能終奉箕帚目覩逢森娶婦此心實覺耿耿言已淚落如豆余勉強慰之曰卿病八年懨懨欲絕者屢矣今何忽作斷腸語耶芸曰連日夢我父母放舟

來接閉目即飄然上下如行雲霧中殆魂離而軀殼存乎余曰此神不收舍服以補劑靜心調養自能安痊芸又欷歔曰妾若稍有生機一線斷不敢驚君聽聞今冥路已近苟再不言言無日矣君之不得親心流離顛沛皆由妾故妾死則親心自可挽回君亦可免牽掛堂上春秋高矣妾死君宜早歸如無力攜妾骸骨歸不妨暫厝于此待君將來可耳願君另續德容兼備者以奉雙親撫我遺子妾亦瞑目矣言至此痛腸欲裂不覺慘然大慟余曰卿果中道相捨斷無

再續之理況曾經滄海難為水除却巫山不是雲耳芸乃執余手而更欲有言僅斷續疊言來世二字忽發喘口噤兩目瞪視千呼萬喚已不能言痛淚兩行涔涔流溢旣而喘漸微淚漸乾一靈縹緲竟爾長逝時嘉慶癸亥三月三十日也當是時孤燈一盞舉目無親兩手空拳寸心欲碎綿綿此恨曷其有極承吾友胡肯堂以十金為助餘盡室中所有變賣一空親為成殮嗚呼芸一女流具男子之襟懷才識歸吾門後余日奔走衣食中饋缺乏芸能纖悉不介意及余

家居惟以文字相辯折而已卒之疾病顛連賫恨以没誰致之耶余有負閨中良友又何可勝道哉奉勸世間夫婦固不可彼此相仇亦不可過于情篤語云恩愛夫妻不到頭如余者可作前車之鑒也

回煞之期俗傳是日魂隨煞而歸故房中鋪設一如生前且須鋪生前舊衣于床上置舊鞋于床下以待魂歸瞻顧吳下相傳謂之收眼光延羽士作法先召于床而後遣之謂之接眚邗江俗例設酒殽于死者之室一家盡出謂之避眚以故有因避被竊者芸娘

眚期房東因同居而出避鄰家囑余亦設肴遠避余冀魂歸一見姑漫應之同鄉張禹門諫余曰因邪入邪宜信其有勿嘗試也余曰所以不避而待之者正信其有也張回煞犯煞不利生人夫人即或魂歸業已陰陽有間竊恐欲見者無形可接應避者反犯其鋒耳時余痴心不昧强對曰死生有命君果關切伴我何如張曰我當于門外守之君有異見一呼即入可也余乃張燈入室見鋪設宛然而音容已杳不禁心傷淚湧又恐淚眼模糊失所欲見忍淚睁目坐床

而待撫其所遺舊服香澤猶存不覺柔腸寸斷冥然昏去轉念待魂而來何遽睡耶開目四視見席上雙燭青焰熒熒縮光如豆毛骨悚然通體寒慄因摩兩手擦額細矚之雙焰漸起高至尺許紙裱頂格幾被所焚余正得藉光四顧間光忽又縮如前此時心舂股慄欲呼守者進觀而轉念柔魂弱魄恐為盛陽所逼悄呼芸名而祝之滿室寂然一無所見既而燭焰復明不復騰起矣出告禹門服余膽壯不知余實一時情癡耳

芸没後憶和靖妻梅子鶴語自號梅逸權葬芸于揚州西門外之金桂山俗呼郝家寶塔買一棺之地從遺言寄于此携木主還鄉吾母亦為悲悼青君逢森歸來痛哭成服啟堂進言曰嚴君怒猶未息兄宜仍往揚州俟嚴君歸里婉言勸解再當專札相招余遂拜母別子女痛哭一場復至揚州賣畫度日因得常哭于芸娘之墓影單形隻備極淒涼且偶經故居傷心慘目重陽日鄰塚皆黃芸墓獨青守墳者曰此好穴場故地氣旺也余暗祝曰秋風已緊身尚衣單卿

若有靈佑我圖得一館度此殘年以待家鄉信息未幾江都幕客章馭菴先生欲回浙江葬親倩余代庖三月得備禦寒之具封篆出署張禹門招寓其家張亦失館度歲艱難商于余即以餘貲二十金傾囊借之且告曰此本留為亡荊扶柩之費一俟得有鄉音償我可也是年即寓張度歲晨占夕卜鄉音殊杳至甲子三月接青君信知吾父有病即欲歸蘇又恐觸舊忿正趦趄觀望間復接青君信始痛悉吾父業已辭世刺骨痛心呼天莫及無暇他計即星夜馳歸觸

常熟周左季家寫本

首靈前哀號流血嗚呼吾父一生辛苦奔走于外生余不肖既少承歡膝下又未侍藥床前不孝之罪何可逭哉吾母見余哭曰汝何此日始歸耶余曰兒之歸幸得青君孫女信也吾母目余弟婦遂嘿然余入墓守靈至七終無一人以家事告以喪事商者余自問人子之道已缺故亦無顔詢問一日忽有向余索逋者登門饒舌余出應曰久債不遠固應催索然吾父骨肉未寒乘凶追呼未免太甚中有一人私謂余曰我等皆有人招之使來公且出避當向招我者索

償也余曰我欠我償公等速退皆唯唯而去余因呼啟堂諭之曰兄雖不肖並未作惡不端若言出嗣降服從未得過纖毫嗣產此次奔喪歸來本人子之道豈為爭產故耶大丈夫貴乎自立我既一身歸仍以一身去耳言已反身入幕不覺大慟叩辭吾母走告青君行將出走深山求赤松子于世外矣青君正勸阻閒友人夏南薰字淡安夏逢泰字揖山兩昆季尋蹤而至抗聲諫余曰家庭若此固堪動念但足下父死而母尚存妻喪而子未立乃竟飄然出世子心安

常熟周左季家寫本

乎余曰然則如之何淡安曰奉屈暫居寒舍聞石琢
堂殿撰有告假回籍之信盍俟其歸而往謁之其必
有以位置也君余曰凶喪未滿百日兄等有老親在
堂恐多未便揖山曰愚兄弟之相邀亦家君意也足
下如執以為不便西隣有禪寺方丈僧與余交最善
足下設榻于寺中何如余諾之青君曰祖父所遺房
產不下三四千金既已分毫不取豈自己行囊亦捨
去耶我往取之徑送禪寺父親處可也因是如行囊
之外轉得吾父所遺圖書硯臺筆筩數件寺僧安置

予于大悲閣閣南向向東設神像隔西首一間設月窗緊對佛龕本為作佛事者齋食之地余即設榻其中臨門有關聖提刀立像極威武院中有銀杏一株大三抱蔭覆滿閣夜靜風聲如吼揖山常攜酒菓來對酌曰足下一人獨處夜深不寐得無畏怖耶余曰僕一生坦直胸無穢念何怖之有居未幾大雨傾盆連宵達旦三十餘天時慮銀杏折枝壓梁傾屋賴神默佑竟得無恙而外之牆坍屋倒者不可勝計近處田禾俱被漂没余則日與僧人作畫不見不聞七月

初天始霽揖山尊人號蕚薌有交易赴崇明偕余往代筆書劵得二十金歸值吾父將安葬啟堂命逢森向余曰叔因葬事乏用欲助一二十金余擬傾囊與之揖山不允分幫其半余即攜青先君至墓所葬既畢仍返大悲閣九月杪揖山有田在東海永泰沙又偕余往收其息盤桓兩月歸已殘冬移寓其家雪鴻草堂度歲真異姓骨肉也

乙丑七月琢堂始自都門回籍琢堂名韞玉字執如執堂其號也與余為總角交乾隆庚戌殿元出為四

川重慶守白蓮教之亂三年戎馬極著勞績及歸相見甚歡旋于重九日挈眷重赴四川重慶之任邀余同往余即叩别吾母於九妹倩陸尚吾家蓋先君故居已屬他人矣吾母囑曰汝弟不足恃汝行須努力重振家聲全望汝也逢森送余至半途忽淚落不已因囑勿送而返舟出京口琢堂有舊交王惕夫孝廉在淮揚鹽署遶道往晤余與偕往又得一顧芸娘之墓返舟由長江溯流而上一路遊覽名勝至湖北之荆州得陞潼關觀察之信遂留余與其嗣君敦夫眷

常熟周左季家寫本

屬等暫寓荊州琢堂輕騎減從至重慶度歲遂由成都歷棧道之任丙寅二月川眷始由水路往至樊城登陸途長費鉅車重人多斃馬折輪備嘗辛苦抵潼關甫三月琢堂又陞山左廉訪清風兩袖眷屬不能偕行暫借潼川書院作寓十月杪始支山左廉俸專人接眷附有青君之書駭悉逢森于四月間夭亡始憶前之送余墮淚者蓋父子永訣也嗚呼芸僅一子不得延其嗣續耶琢堂聞之亦為之浩嘆贈余一妾重入春夢從此擾擾攘攘又不知夢醒何時耳

常熟周左季家寫本

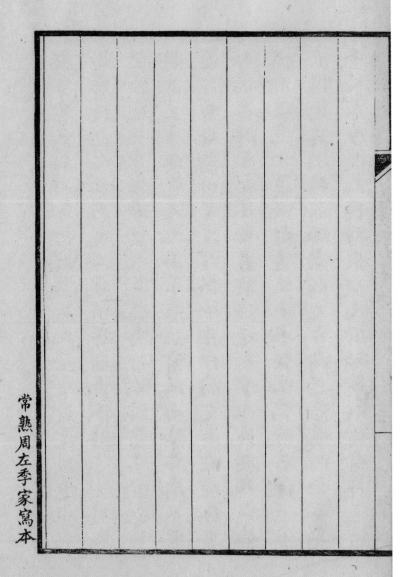

浮生六記卷四

浪游記快

蘇州沈三白著

余遊幕三十年來天下所未到者蜀中黔中與滇南耳惜乎輪蹄徵逐處處隨人山水怡情雲烟過眼不過領略其大概不能探僻尋幽也余凡事喜獨出已見不屑隨人是非即論詩品畫莫不存人珍我棄人棄我取之意故名勝所在貴乎心得有名勝而不覺其佳者有非名勝而自以為妙者聊以平生所歷者

記之
余年十五時吾父稼夫公館于山陰趙明府幕中有趙省齋先生名傳者杭之宿儒也趙明府延教其子吾父命余亦拜投門下暇日出遊得至吼山離城約十餘里不通陸路近山見一石洞上有片石橫裂欲墮即從其下蕩舟入豁然空其中四面皆峭壁俗名之曰水園臨流建石閣五椽對面石壁有觀魚躍三字水深不測相傳有巨鱗潛伏余投餌試之僅見不盈尺者出而唼食焉閣後有道通旱園拳石亂矗有

横闊如掌者有柱石平其頂而上加大石者鑿痕猶在一無可取遊覽既畢宴于水閣命從者放爆竹轟然一響萬山齊應如聞霹靂聲此幼時快遊之始惜乎蘭亭禹陵未能一到至今以為憾

至山陰之明年先生以親老不遠遊設帳于家余遂從至杭西湖之勝因得暢遊結構之妙予以龍井為最小有天園次之石取天竺之飛來峯城隍山之瑞石古洞水取玉泉以水清多魚有活潑趣也大約至不堪者葛嶺之瑪瑙寺其餘湖心亭六一泉諸景各

有妙處不能盡述然皆不脱脂粉氣反不如小靜室之幽僻雅近天然蘇小墓在西泠橋側土人指示初僅半坵黄土而已乾隆庚子
聖駕南巡曾一詢及甲辰春復舉
南巡盛典則蘇小墓已石築其墳作八角形上立一碑大書曰錢塘蘇小小之墓從此吊古騷人不須徘徊探訪矣余思古來烈魄真魂湮没不傳者固不可勝數即傳而不久者亦不爲少小小一名妓耳自南齊至今盡人而知之此殆靈氣所鍾爲湖山點綴耶

橋北數武有崇文書院余曾與同學趙緝之投考其
中時值長夏起極早出錢塘門過昭慶寺上斷橋坐
石闌上旭日將昇朝霞映于柳外盡態極妍白蓮香
裏清風徐來令人心骨皆清步至書院題猶未出也
午後繳卷偕緝之納涼于紫雲洞大可容數十人石
竅上透日光有人設短几矮凳賣酒于此解衣小酌
嘗鹿脯甚妙佐以鮮菱雪藕微酣出洞緝之曰上有
朝陽臺頗高曠盍往一遊余亦興發奮勇登其巔覺
西湖如鏡杭城如丸錢塘江如帶極目可數百里此

生平第一大觀也坐良久陽烏將落相携下山南屏晚鐘響矣谿光雲棲路遠未到其紅門局之梅花姑姑廟之鐵樹不過爾爾紫陽洞予以為必可觀而訪尋之得洞口僅容一指滑涓流水而已相傳中有洞天恨不能抉門而入清明日先生春祭掃墓挈余同游墓在東嶽是鄉多竹墳丁掘未出土之毛笋形如梨而尖作羹供客余甘之盡其兩碗先生曰噫是雖味美而尅心血宜多食肉以解之余素不貪屠門之嚼至是飯量且因笋而減歸途覺煩惱唇舌幾裂過

常熟周左季家寫本

石屋洞不甚可觀水樂洞峭壁多藤蘿入洞如斗室有泉流甚急其聲琅琅池廣僅三尺深五寸許不溢亦不竭余俯流就飲煩燥頓解洞外二小亭坐其中可聽泉聲衲子請觀萬年缸缸在香積廚形甚巨以竹引泉灌其內聽其滿溢年久結苔厚尺許冬日不冰故不損也

辛丑秋八月吾父病瘧返里寒索火熱索水余諫不聽竟轉傷寒病勢日重余侍奉湯藥晝夜不交睫者幾一月吾婦芸娘亦大病懨懨在牀心境惡劣莫可

名狀吾父呼余囑之曰我病不起汝守數本書終非餬口計我託汝于盟弟蔣思齋仍繼吾業可耳越日思齋來即于榻前命拜為師未幾得名醫徐觀蓮先生診治父病漸痊芸亦得徐力起床而徐則從此習幕矣此非快事何記于此曰此拋書浪游之始故記也

思齋先生名襄是年冬即相隨習幕于奉賢官舍有同習幕者顧姓名金鑑字鴻干號紫霞亦蘇州人也為人慷慨剛毅直諒不阿長余一歲呼之為兄鴻干

即毅然呼余為弟傾心相友比余第一知己交也惜以二十二歲卒余即落落寡交今年且四十有六矣茫茫滄海不知此生再遇知己如鴻干者否憶與鴻與訂交襟懷高曠時興山居之想重九日余與鴻干俱在蘇有前輩王小俠與吾父稼夫公喚女伶演劇宴客吾家余患其擾先一日約鴻干赴寒山登高藉訪他日結廬之地芸為整理小酒榼越日天將曉鴻干已登門相邀遂攜榼出胥門入麵肆各飽食渡胥江步至橫塘棗市橋雇一葉扁舟到山日猶未午舟

子頗循良令其糴米煑飯余兩人上岸先至中峰寺寺在支硎古剎之南循道而上寺藏深樹山門寂靜地僻僧閒見余兩人不衫不履不甚接待余等志不在此未深入歸舟飯已熟飯畢舟子攜榼相隨囑其子守船由寒山至高義園之白雲精舍軒臨峭壁下鑿小池圍以石欄一泓秋水厓懸薜荔墻積莓苔坐軒下惟聞落葉蕭蕭悄無人跡出門有一亭囑舟子坐此相候余兩人從石罅中入名一線天循級盤旋直造其巔曰上白雲有菴已坍頹存一危樓僅可遠

眺小憩片刻即相扶而下舟子曰登高忘攜酒榼矣鴻干曰我等之遊欲覓偕隱地耳非專為登高也舟子曰離此南行二三里有上沙村多人家有隙地我有表戚范姓居是村盍往一遊余喜曰此明末徐俟齋先生隱居處也有園聞極幽雅從未一遊于是舟子導往村在兩山夾道中園依山而無石老樹多極紆迴盤鬱之勢亭榭牕欄盡從樸素竹籬茆舍不媿隱者之居中有皂莢亭樹大可兩抱余所歷園亭此為第一園在左有山俗呼雞籠山山峯直豎上加大石

如杭城之瑞石古洞而不及其玲瓏旁一青石如榻鴻干卧其上曰此處仰觀峯嶺俯視園亭既曠且幽可以開樽矣因拉舟子同飲或歌或嘯大暢胸懷土人知余等覓地而來悞以為堪輿以某處有好風水相告鴻干曰但期合意不論風水豈意竟成讖語酒缾既罄各采野菊插滿兩鬢歸舟日已將没更許抵家客猶未散芸私告余曰女伶中有蘭官者端莊可取余假傳母命呼之入内握而腕而睨之果豐頤白膩余顧芸曰美則美矣終嫌名不稱寔芸曰肥者有

常熟周左季家寫本

福相余曰馬嵬之禍玉環之福安在芸以他辭遣之
出謂余曰今日君又大醉耶余乃歷述所遊芸亦神
往者久之
癸卯春余從思齋先生就維揚之聘始見金焦面目
金山宜遠觀焦山宜近視惜余往来其間未嘗登眺
渡江而北漁洋所謂綠楊城郭是揚州一語已活現
矣平山堂離城約三四里行其途有八九里雖全是
人功而奇思幻想點綴天然即閬苑瑶池瓊樓玉宇
諒不過此其妙處在十餘家之園亭合而為一聯絡

至山氣勢俱貫其最難位置處出城入景有一里許
緊沿城郭夫城綴于曠遠重山間方可入畫園林有
此蠢笨絶倫而觀其或亭或臺或牆或石或竹或樹
半隱半露間使遊人不覺其觸目此非胸有丘壑者
斷難下手城盡以虹園為首折而向北有石梁曰虹
橋不知園以橋名乎橋以園名乎蕩舟過曰長隄春
柳此景不綴城脚而綴于此更見佈置之妙再折而
西壘土立廟曰小金山有此一擋便覺氣勢緊湊亦
非俗筆聞此地本沙土屢築不成用木排若干層疊

加土費數萬金乃成若非商家烏能如是過此有勝概樓年年觀競渡于此河面較寬南北跨一蓮花橋橋門通八面橋面設五亭揚人呼為四盤一煖鍋此思窮力竭之為不甚可取橋南有蓮心亭寺中突起喇嘛白塔金頂纓絡高矗雲霄殿閣紅牆松柏掩映鐘磬時聞此天下園亭所未有者過橋見三層高閣畫棟飛檐五采絢爛疊以太湖石圍以白石闌名曰五雲多處如作文中之大結構也過此名蜀岡朝旭平坦無奇且屬附會將及山河面漸束堆土植竹樹

作四五曲似已山窮水盡而忽豁然開朗平山之萬
松林已列于前矣平山堂為歐陽文公忠所書所謂
淮東第五泉真者在假山石洞中不過一井耳味與
天泉同其荷亭中之六孔鐵井欄者乃係假設水不
堪飲九峯園另在南門幽靜處別饒天趣余以為諸
園之冠康山未到不識如何此皆言其大概其工巧
處精美處不能盡述大約宜以艷粧美人目之不可
作浣紗溪上觀也余適恭逢
南巡盛典各工告竣敬演接

常熟周左季家寫本

駕點綴因得暢其大觀亦人生難遇者也
甲辰之春余隨侍吾父于吴江何明府幕中與山陰章蘋江武林章映牧苕溪顧靄泉諸公同事恭辦南斗圩行宫得第二次瞻仰
天顔一日天將晚矣忽動歸興有辦差小快船雙艣兩槳于太湖飛棹疾馳吴俗呼為出水轡頭轉瞬已至吴門橋即跨鶴騰空無此神爽抵家晚餐未熟也吾鄉素向繁華至此日之争奪勝較昔尤奢燈彩眩眸笙歌聒耳古人所謂畫棟雕甍珠簾繡幕玉闌干

千錦步障不啻過之余為友人東拉西扯助其插花結彩閑則呼朋引類劇飲狂歌暢懷遊覽少年豪興不倦不疲茍生于盛世而仍居僻壤安得此遊觀哉

是年何明府因事被議吾父即就海寧王明府之聘嘉興有劉蕙階者長齋佞佛來拜吾父其家在煙雨樓側一閣臨河曰水月居其誦經處也潔淨如僧舍煙雨樓在鏡湖之中兩岸皆綠楊惜無多竹有平臺可遠眺漁舟星列漠漠平波似宜月夜衲子備素齋甚佳至海寧與白門史心月山陰俞午橋同事心月

常熟周左季家寫本

一子名燭衡澄靜緘默彬彬儒雅與余莫逆此生平第二知心交也惜萍水相逢聚首無多日耳游陳氏安瀾園地占百畝重樓複閣夾道迴廊池甚廣橋作六曲形石滿藤蘿鑿痕全掩古木千章皆有參天之勢鳥啼花落如入深山此人功而歸于天然者余所歷平地之假石園亭此為第一曾于桂花樓中張宴諸味盡為花氣所奪維醬薑味不變薑桂之性老而愈辣以喻忠節之臣洵不虛也出南門即大海一日兩潮如萬丈銀隄破海而過船有迎潮者潮至反棹

相向於船頭設一木招狀如長柄大刀捺潮即分破船即隨招而入俄頃始浮起撥轉船頭隨潮而去頃刻百里塘上有塔院中秋夜曾隨吾父觀潮于此循塘東約三十里名尖山一峯突起撲入海中山頂有閣匾曰海闊天空一望無際但見怒濤接天而已

余年二十有五應徽州績谿克明府之招由武林下江山船過富春山登子陵約臺臺在山腰一峯突起離水十餘丈豈漢時之水竟與峯齊耶月夜泊界口有巡檢署山高月小水落石出此景宛然黄山僅見

常熟周左季家寫本

其脚惜未一瞻面目績溪城處于萬山之中彈丸小邑民情淳樸近城有石鏡山由山彎中曲折一里許懸崖急湍濕翠欲滴漸高至山腰有一方石亭四面皆陡壁亭左右削如屏青色光潤可鑑人形俗傳能照前生黄巢至此照為猿猴形縱火焚之故不復現離城十里有火雲洞天石紋盤結凹凸巉巖如黄鶴山樵筆意而雜亂無章洞石皆深絳色傍有一庵甚幽静鹽商程虚谷曾招游設宴于此席中有肉饅頭小沙彌眈眈旁視授以四枚臨行以番銀二圓為酬

山僧不識推不受告以一枚可易青錢七百餘文僧以近無易處仍不受乃攢湊青蚨六百文付之始欣然作謝他日余邀同人攜榼再往老僧囑曰曩者小徒不知食何物而腹瀉今勿再與可知藜藿之腹不受肉味良可歎也余謂同人曰作和尚者必居此等僻地終身不見不聞或可修真養靜若吾鄉之虎邱山終日目所見者妖童艷妓耳所聽者絃索笙歌鼻所聞者佳餚美酒安得身如枯木心如死灰哉又去城三十里名曰仁里有花果會十二年一舉每舉各

出盆花為賽余在績溪適逢其會欣然欲往苦無轎馬乃製以斷竹為杠縛椅為轎雇人肩之而去同游者惟同事許策廷見者無不訝笑至其地有廟不知供何神廟前曠處高塔戲臺畫樑方柱極其巍煥近視則紙紮彩畫抹以油漆者鑼聲四至四人擡對燭大如斷柱八人擡一豬大若牯牛蓋公養十二年始宰以獻神策廷笑曰豬固壽長神亦齒利若為神烏能享此余曰亦足見其愚誠也入廟殿廊軒院所設花果盆玩並無不剪枝拗節盡以蒼老古怪為佳大

半皆黃山松既而開場演劇人如潮湧而至余與策廷遂避去未兩載余與同事不合拂衣歸里

余自績溪之遊見熱鬧場中卑鄙之狀不堪入目因易儒為賈余有姑丈袁萬九在盤谿之仙人塘作釀酒生涯余與施心畊附資合夥袁酒本海販不一載值臺灣林爽文之亂海道阻隔貨積本折不得已仍為馮婦館江北四年一無快遊可記迨居蕭爽樓正作烟火神仙有表妹倩徐秀峯自粵東歸見余閒居慨然曰足下待露而爨筆耕而炊終非久計盍偕我

作嶺南遊當不僅獲蠅頭利也芸亦勸余曰乘此老親尚健子尚壯年與其商柴計米而尋懽不如一勞而永逸余乃商諸交遊者集資作本芸亦自辦繡貨及嶺南所無之蘇酒醉蟹等物即稟知堂上于小春十日偕秀蜂由東壩出蕪湖口長江初歷大暢襟懷每晚舟泊後必小酌船頭見捕魚者罾羃不滿三尺孔大約有四寸鐵箍四角似取易沈余笑曰聖人之教雖曰罟不用數而如此之大孔小罾焉能有獲秀峯曰此專為網鯾魚設也見其繫以長綆忽起忽落

似探魚之有無未幾急挽出水已有鯿魚枷罾孔而起矣余始喟然曰可知一己之見未可測其奥妙一日見江心中一峯突起四無依倚秀峯曰此小孤山也霜林中殿閣參差乘風經過惜未一遊至滕王閣猶吾蘇府學之尊經閣移于胥門之大碼頭王子安序中所云不足信也即于閣下换高尾昂首船名三板子由贛關至南安登陸值余三十誕辰秀峰備麵為壽越日過大庾嶺山巔一亭匾曰舉頭日近言其高也山頭分為二兩邊峭壁中留一道如石巷口列

常熟周左季家寫本

兩碑一曰急流勇退一曰得意不可再往山頂有梅
將軍祠未攷為何朝人所謂嶺上梅花並無一樹意
者以將軍得名梅嶺耶余所帶送禮盆梅至此將交
臘月已花落而葉青矣過嶺出口山川風物便覺頓
殊嶺西一山石竅玲瓏已忘其名輿夫曰中有仙人
牀榻忽忽竟過以未得遊為悵至南雄雇老龍船過
佛山鎮見人家牆頂多列盆花葉如冬青花如牡丹
有大紅粉白粉紅三種蓋山茶花也臘月望始抵省
城寓靖海門內賃王姓臨街樓屋三椽秀峰貨物皆

銷與當道余亦隨其開單拜客即有配禮者絡繹取貲不旬日而余物已盡除夕蚊聲如雷歲朝賀節喜有棉袍紗套者不維氣候迥别即土著人物同一五官而神情迥異正月既望有署中同鄉三友拉余游河觀妓名曰打水圍妓名老舉于是同出靖海門下小艇如剖分之半蛋而加篷焉先至沙面妓船名花艇皆對頭分排中留水巷以通小艇往來每帮約一二十號横木綁定以防海風兩船之間釘以木樁套以籐圈以便隨潮長落鴇兒呼為梳頭婆頭用銀絲

常熟周左季家寫本

為架高約四寸許空其中而蟠髮于外以長耳挖插一朵花于鬢身披元青短襖著元青長褲管拖脚背腰束汗巾或紅或綠赤足撒鞵式如梨園旦脚登其艇即躬身笑迎搴幃入艙旁列椅杌中設大炕一門通艄後婦呼有客即聞履聲雜沓而出有挽髻者有盤辮者傅粉如粉牆搽脂如榴火或紅襖綠褲或綠襖紅褲有着短襪而撮繡花蝴蝶履者有赤足而套銀脚鐲者或蹲于炕或倚于門雙瞳閃閃一言不發余顧秀峰曰此何為者也秀峰曰目成之後招之始

相就耳余試招之果即憁容至前袖出檳榔為敬入口大嚼澀不可耐急吐之以紙擦唇其吐如血合艇皆大笑又至軍工厰妝束亦相等維長幼皆能琵琶而已與之言對曰𠾱𠾱者何也余曰少不入廣者以其銷魂耳若此野妝蠻語誰為動心哉一友曰潮幫妝束如仙可往一遊至其幫排舟亦如沙面有著名鴇兒素娘者妝束如花鼓婦其粉頭衣皆長領頸套項鎖前髮齊眉後髮垂肩中挽一鬏似丫髻裹足者著裙不裹足者短襪亦著蝴蝶履長拖褲管語音可

辦而余終嫌為異服興趣索然秀峯曰靖海門對渡有揚幫皆吳粧君往必有合意者一友曰所謂揚幫者僅一鴇兒呼曰邵寡婦攜一媳曰大姑係來自揚州餘皆湖廣江西人也因至揚幫對面兩排僅十餘艇其中人物皆雲鬟霧鬢脂粉薄施闊袖長裙語音了了所謂邵寡婦者慇懃相接遂有一友另喚酒船大者曰恒艛小者曰沙姑艇作東道相邀請余擇妓余擇一雛年者身材狀貌有類余婦芸娘而足極尖細名喜兒秀峯喚一妓名翠姑餘皆各有舊交放艇

中流開懷暢飲至更許余恐不能自持堅欲回寓而城已下鑰久矣蓋海疆之城日落即閉余不知也及終席有卧而吃鴉片煙者有擁妓而調笑者伻頭各送衾枕至行將連床開鋪余暗詢喜兒汝本艇可卧否對曰有寮可居未知有客否也寮者船艇之樓余曰姑往探之招小艇渡至邵船但見合幫燈火相對如長廊寮上適無客鴇兒笑迎曰我知今日貴客來故留寮以相待也余笑曰姥真荷葉下仙人哉遂有伻頭移燭相引由艙後梯而登宛如斗室旁一長榻

几案俱備揭帘再進即在頭艙之頂床亦旁設中間方窗嵌以玻璃不火而光滿一室蓋對船之燈光也衾帳鏡奩頗極華美喜兒曰從臺可以望月即在梯門之上疊開一窗蛇行而出即後梢之頂也三面皆設短欄一輪明月水闊天空縱橫如亂葉浮水者酒船也閃爍如繁星列天者酒船之燈也更有小艇梳織往來笙歌弦索之聲雜以長潮之沸令人情為之移余曰少不入廣當在斯矣惜余婦芸娘不能偕遊至此回顧喜兒月下依稀相似因挽之下臺息燭而

卧天將曉秀峰等已閧然至余披衣起迎皆責以昨晚之逃余曰無他恐公等撳衾揭帳耳遂同歸寓越數日偕秀峰游海珠寺寺在水中圍牆若城四周離水五尺許有洞設大炮以防海冦潮長潮落隨水浮沈不覺炮門之或高或下亦物理之不可測者十三洋行在幽蘭門之西結構與洋畫同對渡名花地花木甚繁廣州賣花處也余自以為無花不識至此僅識十之六七詢其名有羣芳譜所未載者或土音之不同歟海幢寺規模極大山門內植榕樹大可十餘

抱陰濃如蓋秋冬不凋柱檻窗闌皆以鐵梨木為之有菩提樹其葉似柿浸水去皮肉筋細如蟬翼紗可裱小冊寫經歸途訪喜兒于花艇適翠喜二妓俱無客茶罷欲行挽留再三余所屬意在寮而其媳大姑已有酒客在上因謂邵鵠兒曰若可同往寓中則不妨一敘邵曰可秀峰先歸囑從者整理酒殽余攜翠喜至寓正談笑間適郡署王懋老不期而來挽之同飲酒將沾脣忽聞樓下人聲嘈雜似有上樓之勢蓋房東一姪素無賴知余招妓故引人圖詐耳秀峰怨

曰此皆三白一時高興不合我亦從之余曰事已至此應速思退兵之計非鬥口時也憨老曰我當先下說之余念喚僕速雇兩轎先脫兩妓再圖出城之策聞憨老說之不退亦不上樓兩轎已備余僕手足頗捷令其向前開路秀挽翠姑繼之余挽喜兒于後一鬨而下秀峰翠姑得僕力已出門去喜兒為橫手所拏余急起腿中其臂手一鬆而喜兒脫去余亦乘勢脫身出余僕猶守于門以防追搶急問之曰見喜兒否僕曰翠姑已乘轎去喜娘但見其出未見其乘轎

常熟周左季家寫本

也余急燃炬見空轎猶在路旁急追至靖海門見秀峯侍翠轎而立又問之對曰或應投東而反奔西矣急反身過寓十餘家聞暗處有喚余者燭之喜兒也遂納之轎肩而行秀峯亦奔至曰幽蘭門有水竇可出已託人賄之啟鑰翠姑去矣喜兒速往余曰君速回寓退兵翠喜交我至水竇邊果已啟鑰翠先在余遂左挾喜右挽翠折腰鶴步踉蹌出竇天適微雨路滑如油至河干沙面笙歌正盛小艇有識翠姑者招呼登舟始見喜兒首如飛蓬釵環俱無有余曰被搶

去耶喜兒笑曰聞此皆赤金阿母物也妾于下樓時已除去藏于囊中若被搶去累君賠償耶余聞言心甚德之令其重整釵環勿告阿母託言寓所人雜故仍歸舟耳翠姑如言告母并曰酒菜已飽備粥可也時寮上酒客已去邵鵠兒命翠亦陪余登寮見兩對繡鞵泥汙已透三人共粥聊以充飢剪燭絮談始悉翠籍湖南喜亦豫產本姓歐陽父亡母醮為惡叔所賣翠始告以迎新送舊之苦心不歡必強笑酒不勝必強飲身不快必強陪喉不爽必強歌更有乖張其

常熟周左季家寫本

性者稍不合意即擲酒翻案大聲辱罵假母不察反言接待不周又有惡客徹夜蹂躪不堪其擾喜兒年輕初到母猶惜之不覺淚隨言落喜兒亦嘿然涕泣余乃挽喜入懷撫慰之囑翠姑臥于外榻蓋因秀峰交好也自此或十日或五日必遣人來招喜或自放小艇親至河干迎接余每去必偕秀峰不邀他客不另放艇一夕之歡番銀四圓而已秀峰今翠明紅俗謂之跳槽甚至一招兩妓余則惟喜兒一人偶獨往或小酌于平臺或清談于寮內不令唱歌不強多飲

温存體恤一艇怡然鄰妓皆羨之有空閑無客者知余在寮必來相訪合幫之妓無一不識每上其艇呼余聲不絕余亦左顧右盼應接不暇此雖揮霍萬金所不能致者余四月在彼處共費百餘金得嘗荔枝鮮菓亦生平快事後鴇兒欲索五百金強余納喜余患其擾遂圖歸計秀峯迷戀于此因勸其購一妾仍由原路返吳明年秀峯再往吾父不準偕遊遂就青浦楊明府之聘及秀峯歸述及喜兒因余不往幾尋短見噫半年一覺揚幇夢贏得花船薄倖名矣

常熟周左季家寫本

余自粵東歸來館青浦兩載無快遊可述未幾芸憨相遇物議沸騰芸以憤激致病余與程墨安設一書畫鋪于家門之側聊佐湯藥之需中秋後二日有吳雲客偕毛憶香王星爛邀余遊西山小靜室余適腕底無閒囑其先往吳曰子能出城明午當在山前水踏橋之來鶴菴相候余諾之越日留程守鋪余獨步出閶門至山前過水踏橋循田塍而西見一菴南向門帶清流剝啄問之應曰客何來余告之笑曰此得雲也客不見匾額乎來鶴已過矣余曰自橋至此未

見有菴其入回指曰客不見土牆中森森多竹者即是也余乃返至牆下小門深閉門隙窺之短籬曲徑綠竹猗猗寂不聞人語聲叩之亦無應者一人過曰牆穴有石敲門具也余試連擊果有小沙彌出應余即循徑入過小石橋向西一折始見山門懸黑漆額粉書來鶴二字後有長跋不暇細觀入門經韋陀殿上下光潔纖塵不染知為好靜室忽見左廊有一小沙彌奉壺出余大聲呼問即聞室内星爛笑曰何如我謂三白決不失信也旋見雲客出迎曰候君早膳

何來之遲一僧繼其後向余稽首問知為竹逸和尚入其室僅小屋三椽額曰桂軒庭中雙桂盛開星爛憶香羣起嘆曰來遲罰三杯席上葷素精潔酒則黃白俱備余問曰公等遊幾處矣雲客曰昨來已晚今晨僅到得雲河亭耳歡飲良久飯畢仍自得雲河亭共游八九處至華山而止各有佳處不能盡述華山之頂有蓮花峰以時欲暮期以後遊桂花之盛至此為最就花下飲清茗一甌即乘山輿徑回來鶴桂軒之東另有臨潔小閣已盃盤羅列竹逸寡言靜坐而

好客豪飲始則折桂催花繼則每人一令二鼓始罷余曰今夜月色甚佳即此酣卧未免有負清光何處得高曠地一玩月色庶不虛此良夜也竹逸曰放鶴亭可登也雲客曰星爛抱得琴来未聞絶調到彼一彈何如乃偕往但見木犀香裏一路霜林月下長空萬籟俱寂星爛彈梅花三弄飄飄欲仙憶香亦興發袖出鐵笛嗚嗚而吹之雲客曰今夜石湖看月者誰能如吾輩之樂哉蓋吾蘇八月十八日石湖行春橋下有看串月勝會游船排擠徹夜笙歌名雖看月寔

常熟周左季家寫本

則挾妓閧飲而已未幾月落霜寒興闌歸卧明晨雲客謂衆曰此地有無隱菴極幽僻君等有到過者否咸對曰無論未到并未嘗聞也竹逸曰無隱四面皆山其地甚僻僧不能久居向年曾一至已坍廢自尺木彭居士重修後未嘗往焉今猶依稀識之如欲往遊請為前導憶香曰枵腹去耶竹逸笑曰已備素麪矣再令道人携酒盒相從也麪畢步行而往過高義園雲客欲往白雲精舍入門就坐一僧徐步出向雲客拱手曰違教兩月城中有何新聞撫軍在轅否憶

香忽起曰禿拂袖徑出余與星爛忍笑隨之雲客竹逸酬答數語亦辭出高義園即范文正公墓白雲精舍在其旁一軒面壁上懸籐蘿下鑿一潭廣丈許一泓清碧有金鱗游泳其中名曰鉢盂泉竹爐茶竈位置極幽軒後于萬綠叢中可瞰范園之概惜衲子俗不堪久坐耳是時由上沙村過雞籠山即余與鴻干登高處也風物依然鴻干已死不勝今昔之感正惆悵間忽流泉阻路不得進有三五村童掘菌子于亂草中探頭而笑似訝多人之至此者詢以無隱路對

曰前途水大不可行請返數武南有小徑度嶺可達從其言度嶺南行里許漸覺竹樹叢雜四川環繞徑滿綠茵已無人跡竹逸徘徊四顧曰似在斯而徑不可辨奈何余乃蹲身細矚于千竿竹中隱隱見亂石牆舍徑撥叢竹間橫穿入覓之始得一門曰無隱禪院某年月日南園老人彭某重修衆喜曰非君則武陵源矣山門緊閉敲良久無應者忽旁開一門呀然有聲一鶉衣少年出面有菜色足無完履問曰客何為者竹逸稽首曰慕此幽靜特來瞻仰少年曰如此

窮山僧散無人接待請覓他遊言已閉門欲進雲客急止之許以啟門放遊必當酬謝少年笑曰茶葉俱無恐慢客耳豈望酬耶山門一啟即見佛面金光與綠陰相映庭階石礎苔積如繡殿後臺級如牆石闌繞之循臺而西有石形如饅頭高可二丈許細竹環其趾再西折北由斜廊躡級而登客堂三楹緊對大石石下鑿一小月池清泉一泒荇藻交橫堂東即正殿殿左西向為僧房廚竈殿後臨峭壁樹雜陰濃仰不見天星爛力疲就池邊小憩余從之將啟盒小酌

常熟周左季家寫本

忽聞憶香音在樹杪呼曰三白速來此間有妙境仰而視之不見其人因與星爛循聲覓之由東廂出一小門折北有石磴如梯約數十級于竹塢中瞥見一樓又梯而上八窗洞然額曰飛雲閣四山抱列如城缺西南一角遥見一水浸天風帆隱隱即太湖也倚窗俯視風動竹梢如翻麥浪憶香曰何如余曰此妙境也忽又聞雲客于樓西呼曰憶香速來此地更有妙境因又下樓折而西十餘級忽豁然開朗平坦如臺度其地已在殿後峭壁之上殘磚缺礎尚存蓋亦

昔日之殿基也週望環山較閣更暢憶香對太湖長嘯一聲則羣山齊應乃席地開樽忽愁枵腹少年欲烹焦飯代茶隨令改茶為粥邀與同啖詢其何以冷落至此曰四無居鄰夜多暴客積糧時來強竊即植蔬果亦半為樵子所有此為崇寧寺下院長廚中月送飯乾一石鹽菜一罈而已某為彭姓裔漸居看守行將歸去不久當無人跡矣雲客謝以番銀一圓返至來鶴買舟而歸余繪無隱圖一幅以贈竹逸誌快遊也

是年冬余為友人作中保所累家庭失歡寄居錫山華氏明年春將之維揚而短于資有故人韓春泉在上洋幕府因往訪焉衣敝履穿不堪入署投札約晤于郡廟園亭中及出見知余愁苦慨助十金園為洋商捐施而成極為闊大惜點綴各景雜亂無章後疊山石亦無起伏照應歸途忽思虞山之勝適有便舟附之時當春仲桃李爭妍逆旅行蹤苦無伴侶乃懷青銅三百信步至虞山書院牆外仰矚見叢樹交花嬌紅稚綠傍水依山極饒幽趣惜不得其門而入問

遂以往遇設蓬瀹茗者就之烹碧蘿春飲之極佳詢虞山何處最勝一遊者曰從此出西關近劍門亦虞山最佳處也君欲往請為前導余欣然從之出西門循山腳高低約數里漸見山峰屹立石作横紋至則一山中分兩壁凹凸高數十仞近而仰視勢將傾墮其人曰相傳上有洞府多仙景惜無徑可登余興發挽袖卷衣猿攀而上直造其巔所謂洞府者深僅丈許上有石罅洞然見天俯首下視腿軟欲墮乃以腹面壁依藤附蔓而下其人嘆曰壯哉遊興之豪未見

有如君者余口渴思飲邀其人就野店沽飲三杯陽烏將落未得遍遊拾赭石十餘塊懷之歸寓負笈搭夜航至蘇仍返錫山此余愁苦中之快遊也

嘉慶甲子春痛遭先君之變行將棄家遠遁友人夏揖山挽留其家秋八月邀余同往東海永泰沙勘收花息沙隸崇明出劉河口航海百餘里新漲初闢尚無街市茫茫蘆荻絕少人煙僅有同業丁氏倉房數十椽四面掘溝河築隄栽柳遶于外丁字實初于崇為一沙之首戶司會計者姓王俱豪爽好客不拘禮

節與余乍見即同故交宰猪爲餉傾甕爲飲令則拇戰不知詩文歌則號呶不講音律酒酣揮工人舞拳相撲爲戲畜牯牛百餘頭皆露宿隄上養鵝爲號以防海賊日則驅鷹犬獵于蘆叢沙渚間所獲多飛禽余亦從之馳逐倦則卧引至園田成熟處每一字號圈築高隄以防潮汛提中通有水竇用閘啟閉旱則長潮時啟閘灌之潦則落潮時開閘洩之佃人皆散處如列星一呼俱集稱業戶曰產主唯唯聽命樸誠可愛而激之非義則野横過于狼虎幸一言公平率

常熟周左季家寫本

然拜服風雨晦明恍同太古卧床外矚即覩洪濤枕畔潮聲如鳴金鼓一夜忽見數十里外有紅燈大如栲栳浮于海中又見紅光燭天勢同失火寶初曰此處起現神燈神火不久又將漲出沙田矣揖山興致素豪至此益放余更肆無忌憚牛背狂歌沙頭醉舞隨其興之所至真生平無拘之快遊也事竣十月始歸

吾蘇虎邱之勝余取後山之千頃雲一處次則劍池而已餘皆半籍人工半為脂粉所污已失山林本相即新起之白公祠塔影橋不過留名雅耳其冶坊濱

余戲改為野芳濱更不過脂鄉粉隊徒形其妖冶而
已其在城中最著名之獅子林雖曰雲林手筆且石
質玲瓏中多古木然以大勢觀之竟同亂堆煤渣積
以苔蘚穿以蟻穴全無山林氣勢以余管窺所及不
知其妙靈巖山為吳王館娃宮故址上有西施洞響
屧廊采香徑諸勝而其脫散漫曠無收束不及天平
支硎之別饒幽趣鄧尉山一名元墓西背太湖東對
錦峯丹厓翠閣望如圖畫居人種梅為業花開數十
里一望如積雪故名香雪海山之左有古柏四樹名

之曰清奇古怪清者一株挺直茂如翠蓋奇者臥地三曲形同之字古者禿頂扁闊半朽如掌怪者體似旋螺枝幹皆然相傳漢以前物也乙丑孟春揖山尊人蓴薌先生偕其弟介石率子姪四人往幞山家祠春祭兼掃祖墓招余同往順道先至靈巖山出虎山橋由費家河進香雪海觀梅幞山祠宇即藏于香雪海中時花正盛咳吐俱香余曾為介石畫幞山風木圖十二冊是年九月余從石琢堂殿撰赴四川重慶府之任溯長江而上舟抵皖城皖山之麓有元季忠

臣余公之墓墓側有堂三楹名曰大觀亭面臨南湖背倚潛山亭在山脊眺遠頗暢旁有深廊北窗洞開時值霜葉初紅爛如桃李同遊者為蔣壽朋蔡子琴南城外又有王氏園其地長于東西短于南北蓋北緊背城南則臨湖故也既限于地頗難位置而觀其結搆作重臺疊館之法重臺者屋上作月臺為庭院疊石栽花于上使遊人不知脚下有屋蓋上疊石者則下實上庭院者則下虚故花木仍得地氣而生也疊館者樓上作軒軒上再作平臺上下盤折重疊四

常熟周左季家寫本

層且有小池水不漏洩竟莫測其何何虛何實其立脚全用磚石為之承重處仿照西洋立柱法幸面對南湖目無所阻騁懷游覽勝如平園真人工之奇絕者也

武昌黃鶴樓在黃鵠磯上後拖黃鵠山俗呼為蛇山樓有三層畫棟飛檐倚城屹峙面臨漢江與漢陽晴川閣相對余與琢堂冒雪登焉仰視長空瓊花風舞遙指銀山玉樹恍如身在瑤臺江中往來小艇縱橫掀播如浪捲殘葉名利之心至此一冷壁間題咏甚

多不能記憶但記楹對有云何時黃鶴重來且共倒
金樽澆洲渚千年芳草但見白雲飛去更誰吹玉笛
落江城五月梅花黃州赤壁在府城漢川門外屹立
江濱截然如望（壁）石皆絳色故名焉水經謂之赤鼻山
東坡遊此作二賦指為吳魏交兵處則非也壁下已
成陸地上有二賦亭

是年仲冬抵荆州塚（琢）堂得陞潼關觀察之信留余往（住）
荆州余以未得見蜀中山水為悵時琢堂入川而哲
嗣敦夫眷屬及蔡子琴席芝堂俱留于荆州居劉氏

廢園余記其廳額曰紫藤紅樹山房庭階圍以石欄鑿方池一畝池中建一亭有石橋通焉亭後築土疊石雜樹叢生餘多曠地樓閣俱傾頹矣客中無事或吟或嘯或出遊或聚談歲暮雖資斧不繼而上下雍雍典衣沽酒且置鑼鼓敲之每夜必酌每酌必令窘則四兩燒刀亦必大施觴政遇同鄉蔡姓者蔡子琴與敘宗系乃其族子也倩其導游名勝至府學前之曲江樓昔張九齡為長史時高氏所建朱子亦有詩曰相思欲回首但上曲江樓城上又有雄楚樓五代

時高氏所建規模雄峻極目可數百里遶城傍水盡植垂楊小舟蕩槳往來頗有畫意荆州府署即關壯繆帥府儀門内有青石斷馬槽相傳即赤兔馬食槽也訪羅含宅于城西小湖上不遇又訪宋玉故宅于城北昔庾信遇侯景之亂遁歸江陵居宋玉故宅繼改為酒家今則不可復識矣是年大除雪後極寒獻歲發春無賀年之擾日惟燃紙炮放紙鳶紥紙燈以為樂既而風傳花信雨濯春塵琢堂諸姬攜其小女幼子順川流而下敦夫乃重整行裝合帮而走由樊

常熟周左季家寫本

城登陸直赴潼關
由河南閿鄉縣西出函谷關有紫氣東來四字即老
子乘青牛所過之地兩山夾道僅容二馬並行約十
里即潼關左背峭壁右臨黄河關在山河之間扼喉
而起重樓疊垛極其雄峻而車馬寂然人烟亦稀昌
黎詩曰日照潼關四扇開殆亦言其冷落耶城中觀
察之下僅一别駕道署緊靠北城後有圓圃横長約
三畝東西鑿兩池水從西南牆外而入東流至兩池
間支分三道一向南至大廚房以供日用一向東入

東池一向北折西由石螭口中噴入西池遶至西北設閘洩瀉由城脚轉北穿竇而出直下黄河日夜環流殊清人耳竹樹陰濃仰不見天西池中有亭藕花繞左右東有面南書室三間庭有葡萄架下設方右（石）可奕可飲以外皆菊畦西有面東軒屋三間坐其中可聽留（流）水聲軒南有小門可通內室軒北窗下另鑿小池池之北有小廟祀花神園正中築三層樓一座緊靠北城高與城齊俯視城外即黄河也河之北山如屏列已屬山西界真洋洋大觀也余居園南屋如

常熟周左季家寫本

舟式庭有土山上有小亭登之可覽園中之概綠陰四合夏無暑氣琢堂為余顏其齋曰不繫之舟此余幕游以來第一好居室也土山之間藝菊數十種惜未及含葩而琢堂調山左廉訪矣眷屬移寓潼川書院余亦隨往院中居焉琢堂先赴任余與子琴芝堂等無事輒出遊乘騎至華陰廟過華封里即堯時三祝處廟內多秦槐漢柏大皆三四抱有槐中抱柏而生者柏中抱槐而生者殿廷古碑甚多內有陳希夷書福壽字華山之腳有玉泉院即希夷先生化形骨

蛻處有石洞如斗室塑先生卧像于石床其地水淨沙明草多絳色泉流甚急修竹繞之洞外一方亭額曰無憂亭旁有古樹三株紋有裂炭葉似槐而色深不知其名土人即呼曰無憂樹太華之高不知幾千仞惜未能裹糧往登焉歸途見林柿正黄就馬上摘食之土人呼止勿聽嚼之澁甚急吐去下騎覓泉漱口能能言土人大笑蓋柿須摘下煮一沸始去其澁余不知也十月初琢堂自山東專人來接眷屬遂出潼關由河南入魯

山東濟南府城內西有大明湖其中有歷下亭水香亭諸勝夏月柳陰濃處菡萏香來載酒泛舟極有幽趣余冬日往視但見衰柳寒烟一水茫茫而已趵突泉為濟南七十二泉之冠泉分三眼從地底怒湧突起勢如騰沸凡泉皆從上而下此獨從下而上亦一奇也池上有樓供呂祖像遊者多于此品茶焉明年二月余就館萊陽至丁卯秋琢堂降官翰林余亦入都所謂登州海市竟無從一見

卷五　中山記厤缺

卷六　養生記道缺

浮生六記終

常熟周左季家寫本

浮生六記

張宗祥抄本

據浙江圖書館藏本影印原書
板框高十八點二公分寬十三
點九公分

浮生六記六卷 存一二三四四卷 清沈三白著 此卷迻自舊抄
不數年文體大變為此書書賈刻本遍國中且
有譯行海外者然五六兩卷終不可見余亦未睹
所刊本一校也
張宗祥記

浮生六記卷一

蘇州沈三白著

閨房記樂

余生乾隆癸未冬十一月二十有二日正值太平盛時且在衣冠之家居蘇州滄浪亭畔天之厚我可謂至矣東坡云事如春夢了無痕苟不記之筆墨未免有辜彼蒼之厚因思關雎冠三百篇之首故列夫婦于首卷餘以次遞及焉所愧少年失學稍識之無不過記其實情實事而已若必考證其文法是責明于垢鑑矣

余幼聘金沙于氏八齡而夭娶陳氏陳名芸字淑珍舅氏心餘

先生女也生而穎慧學語時口授琵琶行即能成誦四齡失怙母金氏弟克昌家徒壁立芸既長嫻女紅三口仰其十指供給克昌從師脩脯無缺一日于書簏中得琵琶行挨字而認始識字刺繡之暇漸通吟咏有秋侵人影瘦霜染菊花肥之句余年十三隨母歸寧兩小無嫌得見所作雖嘆其才思儁秀竊恐其福澤不深然心注不能釋告母曰若為兒擇婦非淑姊不娶母亦愛其柔和即脫金約指締姻焉此乾隆乙未七月十六日也是年冬值其堂姊出閣余又隨母往芸與余同齒而長余十月自幼姊弟相呼故仍呼之曰淑姊時但見滿室鮮衣芸獨通體素淡僅新其鞋而已見其繡製精巧詢為己作始知其慧心不

僅在筆墨也其形削肩長項瘦不露骨眉彎目秀顧盼神飛唯
兩齒微露似非佳相一種纏綿之態令人之意也消索觀詩稿
有僅一聯或三四句多未成篇者詢其故笑曰無師之作願得
知己堪師者敲成之耳余戲題其籤曰錦囊佳句不知夭壽之
機此已伏矣是夜送親城外返已漏三下腹飢索餌婢嫗以棗
脯進余嫌其甜芸暗牽余袖隨至其室見藏有暖粥并小菜焉
余欣然舉箸忽聞芸堂兄玉衡呼曰淑妹速來芸急閉門曰已
疲乏將臥矣玉衡擠身而入見余將吃粥乃笑睨芸曰頃我索
粥汝曰盡矣乃藏此專待汝壻耶芸大窘避去上下譁笑之余
亦負氣挈老僕先歸

自吃粥被嘲再往芸即避匿余知其恐貽人笑也至乾隆庚子正月二十二日花燭之夕見瘦怯身材依然如昔頭巾既揭相視嫣然合巹後並肩夜膳余暗于案下握其腕暖尖滑膩胸中不覺怦怦作跳讓之食適逢齋期已數年矣暗計吃齋之初正余出痘之期因笑謂曰今我光鮮無恙姊可從此開戒否芸笑之以目點之以首廿四日為余姊于歸廿三國忌不能作樂故廿二之夜即為余姊款嫁芸出堂陪宴余在洞房與伴娘對酌拇戰輒北大醉而臥醒則芸正曉粧未竟也是日親朋絡繹上燈後始作樂廿四子正余作新舅送嫁丑末歸來業已燈殘人靜悄然入室伴嫗盹于床下芸卸粧尚未臥高燒銀燭低垂粉

頭不知觀何書而出神若此因撫其肩曰姊連日辛苦何猶孜孜不倦耶芸忙回首起立曰頃正欲臥開櫥得此書不覺閱之忘倦西廂之名聞之熟矣今始得見真不愧才子之名但未免形容尖薄耳余笑曰唯其才子筆墨方能尖薄伴嫗在旁促臥令其閉門先去遂與比肩調笑恍同密友重逢戲探其懷亦怦怦作跳因俯其耳曰姊何心舂乃爾耶芸回眸微笑便覺一縷情絲搖人魂魄擁之入帳不知東方之既白

芸作新婦初甚緘默終日無怒容與之言微笑而已事上以敬處下以和井井然未嘗稍失每見朝暾上窗即披衣急起如有人呼促者然余笑曰今非吃粥比矣何尚畏人嘲耶芸曰曩之

藏粥待君傳為話柄今非畏嘲恐堂上道新娘嬾惰耳余雖戀
其臥而聽其正因亦隨之早起自此耳鬢相磨親同形影愛戀
之情有不可以言語形容者而歡娛易過轉睫彌月時吾父稼
夫公在會稽幕府專役相延受業于武林趙省齋先生門下先
生循循善誘余今日之尚能握管先生良力也歸來完姻時原訂
隨侍到館聞信之餘心甚悵然恐芸之對人墮淚而芸反強顏
勸勉代整行裝是晚但覺神色稍異而已臨行向余小語曰無
人調護自去經心及登舟解纜正當桃李爭妍之候而余則恍
同林鳥失羣天地異色到館後吾父即渡江東去居三月如十
年之隔芸雖時有書來必兩問一答半多勉勵詞餘皆浮套語

心殊怏怏每當風生竹院月上蕉窗對景懷人夢魂顛倒先生知其情節致書吾父出十題而遣余暫歸喜同戍人得赦登舟後反覺一刻如年及抵吾母處問安畢入房芸起相迎握手未通片語而兩人魂魄恍恍然化煙成霧覺耳中惺然一響不知更有此身矣時當六月內室炎蒸幸居滄浪亭愛蓮居西間壁板橋內一軒臨流名曰我取取清斯濯纓濁斯濯足意也檐前老樹一株濃陰覆窗人面俱綠隔岸遊人往來不絕此吾父稼夫公垂簾宴客處也禀命吾母攜芸消夏于此因暑罷繡終日伴余課書論古品月評花而已芸不善飲强之可三盃教以射覆為令自以為人間之樂無過于此矣

一日芸問曰各種古文宗何為是余曰國策南華取其靈快匡衡劉向取其雅健史遷班固取其博大昌黎取其渾柳州取其峭廬陵取其宕三蘇取其辯他若賈董策對庾徐駢體陸贄奏議取資者不能盡舉在人之慧心領會耳芸曰古文全在識高氣雄女子學之恐難入彀唯詩之一道妾稍有領悟耳余曰唐以詩取士而詩之宗匠必推李杜卿愛宗何人芸發議曰杜詩錘鍊精純李詩瀟灑落拓與其學杜之森嚴不如學李之活潑余曰工部為詩家之大成學者多宗之卿獨取李何也芸曰格律謹嚴詞旨老當誠杜所獨擅但李詩宛如姑射仙子有一種落花流水之趣令人可愛非杜亞于李不過妾之私心宗杜心

淺愛李心深。余笑曰：初不料陳淑珍乃李青蓮知己。芸笑曰：妾尚有啟蒙師白樂天先生，時感于懷，未嘗稍釋。余曰：何謂也？芸曰：彼非作琵琶行者耶？余笑曰：異哉！李太白是知己，白樂天是啟蒙師，余字三白為卿婿，卿與白字何其有緣耶？芸笑曰：白字有緣，將來恐白字連篇耳。（吴音呼别字為白字。）相與大笑。余曰：卿既知詩，亦當知賦之棄取。芸曰：楚辭為賦之祖，妾學淺費解。就漢晉人中調高語鍊，似覺相如為最。余戲曰：當日文君之從長卿，或不在琴而在此乎？復相與大笑而罷。余性爽直，落拓不羈；芸若腐儒，迂拘多禮。偶為披衣整袖，必連聲道得罪；或遞巾授扇，必起身來接。余始厭之，曰：卿欲以禮縛我耶？語曰：禮多必詐。芸兩頰發赤曰恭而有禮何反言詐余曰恭敬在心不在虛文芸曰至親莫如父母可內敬在心而外肆狂放耶余曰前言戲之耳芸曰世間反目多由戲起後勿冤妾令人鬱死余乃挽之入懷撫慰之始解顏為笑自此豈敢得罪竟成語助詞矣鴻案相莊廿有三年愈久而情愈密家庭之內或暗室相逢窄途邂逅必握手問曰何處去私心忒忒如恐旁人見之者實則同行並坐初猶避人久則不以為意芸或與人坐談見余至必起立偏挪其身余就而並焉彼此皆不覺其所以然者始以為慚繼成不期然而然獨怪老年夫婦相視如仇者不知何意或曰非如是焉得白頭偕老哉斯言誠然歟

是年七夕芸設香燭瓜果同拜天孫于我取軒中余鐫願生生世世為夫婦圖章二方余執朱文芸執白文以為往來書信之用是夜月色頗佳俯視河中波光如練輕羅小扇並坐水窗仰見飛雲過天變態萬狀芸曰宇宙之大同此一月不知今日世間亦有如我兩人之情興否余曰納涼玩月到處有之若品論雲霞或求之幽閨繡闥慧心默證者固亦不少若夫婦同觀所品論者恐不在此雲霞耳未幾燭燼月沉撤果歸臥

七月望俗謂之鬼節芸備小酌擬邀月暢飲夜忽陰雲如晦芸愀然曰妾能與君白頭偕老月輪當出余亦索然但見隔岸螢光明滅萬點梳織于柳隄蓼渚間余與芸聯句以遣悶懷而兩

韻之後逾聯逾縱想入非夷隨口亂道芸已漱涎涕淚笑倒余懷不能成聲矣覺其鬢邊茉莉濃香撲鼻因拍其背以他詞解之曰想古人以茉莉形色如珠故供助粧壓鬢不知此花必沾油頭粉面之氣其香更可愛所供佛手當退三舍矣芸乃止笑曰佛手乃香中君子只在有意無意間茉莉是香中小人故須借人之勢其香也如脅肩諂笑余曰卿何遠君子而近小人芸曰我笑君子愛小人耳正話間漏已三滴漸見風掃雲開一輪湧出乃大喜倚窗對酌酒未三盃忽聞橋下閧然一聲如有人墮就窗細矚波明如鏡不見一物惟聞河灘有隻鴨急奔聲余知滄浪亭畔素有溺鬼恐芸膽怯未敢即言芸曰噫此聲也何

謂乎來哉不禁毛骨皆慄急閉窗攜酒歸房一燈如豆羅帳低垂弓影盃蛇驚神未定剔燈入帳芸已寒熱大作余亦繼之困頓兩旬真所謂樂極災生亦是白頭不終之兆

中秋日余病初愈以芸半年新婦未嘗一至間壁之滄浪亭先令老僕約守者勿放閒人于將晚時偕芸及余幼妹一嫗一婢扶焉老僕前導過石橋進門折東曲逕而入疊石成山林木葱翠亭在土山之巔循級至亭心周望極目可數里炊烟四起晚霞爛然隔岸名近山林為大憲行臺宴集之地時正誼書院猶未啟也攜一毯設亭中席地環坐守者烹茶以進少焉一輪明月已上林梢漸覺風生袖底月到波心俗慮塵懷爽然頓釋芸

曰今日之遊樂矣若駕一葉扁舟往來亭下不更快哉時已上燈憶及七月十五夜之驚相扶下亭而歸吳俗婦女是晚不拘大家小戶皆出結隊而遊名曰走月亮滄浪亭幽雅清曠反無一人至者

吾父稼夫公喜認義子以故余異姓弟兄有二十六人吾母亦有義女九人九人中王二姑俞六姑與芸最和好王癡憨善飲俞豪爽善談每集必逐余居外而俾三女同榻此俞六姑一人計也余笑曰俟妹于歸後我當邀妹丈來一住必十日俞曰我亦來此與嫂同榻不大妙耶芸與王微笑而已時為吾弟啟堂娶婦遷居飲馬橋之倉米巷屋雖宏暢非復滄浪亭之幽雅矣

吾母誕辰演劇芸初以為奇觀吾父素無忌諱點演慘別等劇老伶刻畫見者情動余窺簾見芸忽起去良久不出入内探之俞與王亦繼至見芸一人支頤獨坐鏡奩之側余曰何不快乃爾芸曰觀劇原以陶情今日之戲徒令人腸斷耳俞與王皆笑之余曰此深于情者也俞曰嫂將竟日獨坐于此耶芸曰俟有可觀者再往耳王聞言先出請吾母點刺梁後索等劇勸芸出觀始稱快

余堂伯父素存公早亡無後吾父以余嗣焉墓在西跨塘福壽山祖塋之側每年春日必挈芸拜掃王二姑聞其地有戈園之勝請同往芸見地下小亂石有苔紋斑駁可觀指示余曰以此

疊盆山較宣州白石為古致余曰若此者恐難多得王曰嫂果
愛此我為拾之即向守墳者借蔴袋一鶴步而拾之每得一塊
余曰善即收之余曰否即去之未幾粉汗盈盈拽袋返曰再拾
則力不勝矣芸且揀且言曰我聞山果收穫必藉猴力果然王
憤撮十指作哈癢狀余橫阻之責芸曰人勞汝逸猶作此語無
怪妹之動憤也歸途遊戈園稺綠嬌紅爭妍競媚王素憨逢花
必折芸叱曰既無瓶養又不簪戴多折何為王曰不知痛癢者
何害余笑曰將來罰嫁麻面多鬚郎為花洩忿王怒余以目擲
花于地以蓮鉤撥入池中曰何欺侮我之甚也芸笑解之而罷
芸初緘默喜聽余議論余調其言如蟋蟀之用纖草漸能發議

其每日飯必用茶泡喜食芥滷乳腐吳俗呼為臭乳腐又喜食蝦滷瓜此二物余生平所最惡者因戲之曰狗無胃而食糞以其不知臭穢蜣螂團糞而化蟬以其欲修高舉也卿其狗耶蟬耶芸曰腐取其價廉而可粥可飯幼時食慣今至君家已如蜣螂化蟬猶喜食之者不忘本也至滷瓜之味到此初嘗耳余曰然則我家係狗竇耶芸窘而強解曰夫糞人家皆有之要在食與不食之別耳然君喜食蒜妾亦強啖之腐不敢強瓜可搤鼻略嘗入咽當知其美此猶無鹽貌醜而德美也余笑曰卿陷我作狗耶芸曰妾作狗久矣君試嘗之以箸強塞余口余掩鼻咀嚼之似覺脆美開鼻再嚼竟成異味從此亦喜食芸以麻油加

白糖少許拌滷腐亦鮮美以滷瓜搗爛拌滷腐名之曰雙鮮醬有異味余曰始惡而終好之理之不可解也芸曰情之所鍾雖醜不嫌

余啟堂弟婦王虛舟先生孫女也催粧時偶缺珠花芸出其納采所受者呈吾母婢嫗旁惜之芸曰凡為婦人已屬純陰珠乃純陰之精用為首飾陽氣全克矣何貴焉而于破書殘畫反極珍惜之書之殘缺不全者必搜集分門彙訂成帙統名之曰斷簡殘編字畫之破損者必覓故紙粘補成幅有破缺處倩予全好而捲之名曰棄餘集賞于女紅中饋之暇終日瑣瑣不憚煩倦芸于破笥爛卷中偶獲片紙可觀者如得異寶舊鄰馮嫗每

收亂卷責之其癖好與余同且能察眼意懂眉語一舉一動示之以色無不頭頭是道余嘗曰惜卿雌而伏苟能化女為男相與訪名山搜勝迹遨遊天下不亦快哉芸曰此何難俟妾鬢斑之後雖不能遠遊五嶽而近地之虎阜靈岩南至西湖北至平山儘可偕遊余曰恐卿鬢斑之日步履已艱今世不能期以來以來世余曰來世卿當作男我為女子相從芸曰必得不昧今生方覺有情趣余笑曰幼時一粥猶談不了若來世不昧今生合巹之夕細談隔世更無合眼時矣芸曰世傳月下老人專司人間婚姻事今生夫婦已承牽合來世姻緣亦須仰藉神力盍繪一像祀之時有苕溪戚柳隄名遵善寫人物倩繪一像一手

挽紅絲一手攜杖懸姻緣簿童顏鶴髮奔馳于非烟非霧中此戚君得意筆也友人石琢堂為題讃語于左懸之内室每逢朔望余夫婦必焚香拜禱後因家庭多故此畫竟失所在不知落誰家矣他生未卜此生休兩人癡情果邀神鑒耶

遷倉米巷余顏其卧樓曰賓香閣蓋以芸名而取如賓意也院窄牆高一無可取後有廂樓通藏書處開窗對陸氏廢園但有荒涼之象滄浪風景時切芸懷有老嫗居金母橋之東埂巷之北繞屋皆菜圃編籬為門門外有池約畝許花光樹影錯雜籬邊其地即元末張士誠王府廢基也屋西數武瓦礫堆成土山登其顛可遠眺地曠人稀頗饒野趣嫗言偶及芸神往不置謂

余曰自別滄浪夢魂常繞余不得已而思其次其老嫗之居乎余曰連朝秋暑灼人正思得一清涼地以消長晝卿若願往我先觀其家可居即襆被而往作一月盤桓何如芸曰恐堂上不許余曰我自請之越日至其地屋僅二間前後隔而為四紙窗竹榻頗有幽趣老嫗知余意欣然出其臥室為賃四壁糊以白紙頓覺改觀于是稟知吾母挈芸居焉鄰僅老夫婦二人灌園為業知余夫婦避暑于此先來通慇懃并釣池魚摘園蔬為饋償其價不受芸作鞋報之始謝而受時方七月綠樹陰濃水面風來蟬鳴聒耳鄰老又為製魚竿與芸垂釣于柳陰深處日落時登土山觀晚霞夕照隨意聯吟有獸雲吞落日弓月彈流星

之句少焉月印池中蟲聲四起設竹榻于籬下老嫗報酒溫飯熟遂就月光對酌微醺而飯浴罷則涼鞵蕉扇或臥或坐聽鄰老談因果報應事三鼓歸臥週體清涼幾不知身居城市矣籬邊倩鄰老購菊遍植之九月花開又與芸居十日吾母亦欣然來觀持螯對菊賞玩竟日芸喜曰他年當與君卜築于此買繞屋菜園十畝課僕嫗種植瓜蔬以供薪水君畫我繡以爲需酒之需布衣菜飯可樂終身不必作遠計也余深然之今即得有境地而知己淪亡可勝浩難

離余家半里許醋庫巷有洞庭君祠俗呼水仙廟迴廊曲折小有園亭每逢神誕衆姓各認一落密懸一式之玻璃燈中設寶

座旁列瓶几插花陳設以較勝負日惟演戲夜則參差高下插燭于瓶花間名曰花照花光燈影寶鼎香浮若龍宮夜宴司事者或笙簫歌唱或煮茗清談觀者如蟻集簷下皆設欄為限余為衆友邀去插花布置因得躬逢其盛歸家向芸豔稱之芸曰惜妾非男子不能往余曰冠我冠衣我衣亦化女為男之法也于是散髻為辮添掃蛾眉加余冠微露兩鬢尚可掩飾服余衣長一寸有半于腰間折而縫之外加馬褂芸曰脚下將奈何余曰坊間有蝴蝶履大小由之購亦極易且早晚可代睡鞋之用不亦善乎芸欣然及晚餐後裝束既畢效男子拱手闊步者良久忽變卦曰妾不去矣為人識出既不便堂上聞之又不可

問誤聞

余從惠回顧中司事者誰不知我即識出亦不過付之一笑耳吾姊現在九妹丈家密去密來焉得知之芸攬鏡自然狂笑不已余強挽之悄然徑去遍遊廟中無識出為女子者或問何人以表弟對拱手而已最後至一處有少婦幼女坐於所設寶座後乃楊姓司事者之眷屬也芸忽趨彼通款曲身一側而不覺一手按少婦之肩旁有婢媼怒而起曰何物狂生不法乃爾余欲為措詞掩飾芸見勢惡即脫帽翹足示之曰我亦女子耳相與愕然轉怒為歡留茶點喚肩輿送歸

吳江錢師竹病故吾父信歸命余往弔芸私謂余曰吳江必經太湖妾欲偕往一寬眼界余曰正慮獨行踽踽得卿同行固妙

但無可託詞耳芸曰託言歸寧君先登舟妾當繼至余曰若然歸途當泊舟萬年橋下與卿待月乘涼以續滄浪韻事時六月十八日也是日早涼攜一僕先至胥江渡口登舟而待芸果肩輿至解維出虎嘯橋漸見風帆沙鳥水天一色芸曰此即所謂太湖耶今得見天地之寬不虛此生矣想閨中人有終身不能見此者閒話未幾風搖岸柳已抵江城余登岸拜奠畢歸視舟中洞然急詢舟子舟子指曰不見長橋柳陰下觀魚鷹捕魚者乎蓋芸已與船家女登岸矣余至其後芸猶粉汗盈盈倚女而出神焉余拍其肩曰羅衫汗透矣芸回首曰恐錢家有人到舟故暫避之君何回來之速也余笑曰欲捕逃耳于是相挽登舟返

棹至萬年橋下陽烏猶未落也舟窗盡落清風徐來紈扇羅衫剖瓜解暑少焉霞映橋紅烟籠柳暗銀蟾欲上漁火滿江矣命僕至船梢與舟子同飲船家女名素雲與余有杯酒交人頗不俗招之與芸同坐船頭不張燈火待月快酌射覆為令素雲雙目閃閃聽良久曰觴政儂頗嫻習從未聞有斯令願受教芸即譬其言而開導之終茫然余笑曰女先生且罷論我有一言作譬即瞭然矣芸曰君若何譬之余曰鶴善舞而不能耕牛善耕而不能舞物性然也先生欲反而教之無乃勞乎素雲笑捶余肩曰汝罵我耶芸出令曰後許動口不許動手違者罰大觥素雲量豪滿斟一觥一吸而盡余曰動手但准摸索不准捶人芸

笑挽素雲置余懷曰請君摸索暢懷余笑曰卿非解人摸索在有意無意間耳擁而狂探田舍郎之所為也時四鬢所簪茉莉為酒氣所蒸雜以粉汗油香芳馨透鼻余戲曰小人臭味充滿船頭令人作惡素雲不禁握拳連捶曰誰教汝狂嗅耶芸呼曰違令罰兩大觥素雲曰彼又以小人罵我不應捶耶芸曰彼之所謂小人蓋有故也請乾此當告汝素雲乃連盡兩觥芸乃告以滄浪舊居乘涼事素雲曰若然真錯怪矣當再罰又乾一觥芸曰久聞素娘善歌可一聆妙音否素即以象箸擊小碟而歌芸欣然暢飲不覺酩酊乃乘輿先歸余又與素雲茶話片刻步月而回時余寄居友人魯半舫家蕭爽樓中越數日魯夫人誤有

所聞私告芸曰前日聞若壻挾兩妓飲于萬年橋舟中子知之否芸曰有之其一即我也因以偕遊始末詳告之魯大笑釋然而去

乾隆甲寅七月余自粵東歸有同伴攜妾回者曰徐秀峰余之表妹壻也艷稱新人之美邀芸往觀芸他日謂秀峰曰美則美矣韻猶未也秀峰曰然則若郎納妾必美而韻者乎芸曰然從此癡心物色而短于資時有浙妓溫冷香者寓于吳有詠柳絮書四律沸傳吳下好事者多和之余友吳江張閑憨素賞冷香攜柳絮詩索和芸微其人而置之余技癢而和其韻中有觸我春愁偏婉轉撩他離緒更纏綿之句芸甚擊節明年己卯秋八月

五日吾母將挈芸遊虎邱閑憨忽至曰余亦有虎丘之遊今日特邀君作探花使者因請吾母先行期于虎丘半塘相晤拉余至冷香寓見冷香已老有女名憨園瓜期未破亭亭玉立真一泓秋水照人寒者也款接間頗知文墨有妹文園尚雛余此時初無癡想且念一盃之敘非寒士所能酬而既入個中私心忐忑強為酬答因私謂閑憨曰余貧士也子以尤物玩我乎閑憨笑曰非也今日有友人邀憨園答我席主為尊客拉去我代客轉邀客毋煩他慮也余始釋然至半塘兩舟相遇令憨園過舟即見吾母芸憨相見歡同舊識攜手登山備覽名勝芸獨愛千頃雲高曠坐賞良久返至野芳濱暢飲甚歡並舟而泊及解維

芸謂余曰子陪張君留憨陪妾可乎余諾之返棹至都亭橋始過船分袂歸家已三鼓芸曰今日得見美而韻者矣頃已約憨園明日過我當為子圖之余駭曰此非金屋不能貯窮措大豈敢生此妄想哉况我兩人伉儷正篤何必外求芸笑曰我自愛之子姑待之明午憨果至芸慇懃款接筵中以猜枚贏吟輸飲為令終席無一羅致語及憨園歸芸曰頃又與密約十八日來此結為姊妹子宜備牲牢以待笑指臂上翡翠釧曰若見此釧屬于憨事必諧矣頃已吐意未深結其心也余姑聽之十八日大雨憨竟冒雨至入室良久始挽手出見余有羞色蓋翡翠釧已在憨臂矣焚香結盟後擬再續前飲適憨有石湖之遊即別

去芸欣然告余曰麗人已得君何以謝媒耶余詢其詳芸曰向之秘言恐憨意另有所屬也頃探之無他語之曰妹知今日之意否憨曰蒙夫人擡舉真蓬蒿倚玉樹也但吾母望我奢恐難自主耳願彼此緩圖之脫釧上臂時又語之曰玉取其堅且有團圞不斷之意妹試籠之以爲先兆憨曰聚合之權總在夫人也即此觀之憨心已得所難必者冷香耳當再圖之余笑曰卿將毋效笠翁之憐香伴耶芸曰然自此無日不談憨園矣後憨爲有力者奪去不果芸竟以之死

鍾如意館

浮生六記卷二

蘇州沈三白著

閑情記趣

余憶童稚時，能張目對日，明察秋毫，見藐小微物，必細察其紋理，故時有物外之趣。夏蚊成雷，私擬作群鶴舞空，心之所向，則或千或百，果然鶴也；昂首觀之，項為之強。又留蚊于素帳中，徐噴以烟，使其冲烟飛鳴，作青雲白鶴觀，果如鶴唳雲端，怡然稱快。于土墻凹凸處，花臺小草叢雜處，常蹲其身，使與臺齊，定神細視，以叢草為林，以蟲蟻為獸，以土礫凸者為丘，凹者為壑，神遊其中，怡然自得。一日，見二蟲鬬草間，觀之興正濃，忽有龐然大物拔山倒樹而來蓋一癩蝦蟇也舌一吐而二蟲盡為所吞余年幼方出神不覺呀然驚恐神定捉蝦蟇鞭數十驅之別院年長思之二蟲之鬥蓋圖姦不從也古語云姦近殺蟲亦然耶貪此生涯卵為蚯蚓所哈（吳俗呼陽曰卵）腫不能便捉鴨開口哈之婢嫗偶釋手鴨顛其頸作吞噬狀驚而大哭傳為語柄此皆幼時閑情也及長愛花成癖喜剪盆樹識張蘭坡始精剪枝養節之法繼悟接花疊石之法花以蘭為最取其幽香韻致也而瓣品之稍堪入譜者不可多得蘭坡臨終時贈余荷瓣素心春蘭一盆皆肩平心闊莖細瓣淨可以入譜者余珍如拱璧值余幕游于外芸能親為灌溉花葉頗茂不二年一旦忽萎死起根視之

皆白如玉且蘭芽勃然初不可解以爲無福消受浩歎而已事後始悉有人欲分不允故用滾湯灌殺也從此誓不植蘭次取杜鵑雖無香而色可久玩且易剪裁以芸惜枝憐葉不忍暢剪故難成樹其他盆玩皆然惟每年籬東菊綻秋興成癖喜摘插瓶不愛盆玩非盆玩不足觀以家無園圃不能自植貨于市者俱叢雜無致故不取耳其插花朵數宜單不宜雙每瓶取一種不取二色瓶口取闊大不取窄小闊大者舒展不拘五七花至三四十花必于瓶口中一叢怒起以不散漫不擠軋不靠瓶口爲妙所謂起把宜緊也亭亭玉立或飛舞横斜花取參差間以花蕊以免飛鈸耍盤之病葉取不亂梗取不強用針宜藏針長

寧斷之毋令針針露梗所謂瓶口宜清也視桌之大小一桌三瓶至七瓶而止多則眉目不分即同市井之菊屏矣几之高低自三四寸至二尺五六寸而止必須參差高下互相照應以氣勢聯絡為上若中高兩低後高前低成排對列又犯俗所謂錦灰堆矣或密或疎或進或出全在會心者得畫意乃可若盆碗盤洗用漂青松香榆皮麪和油先熬以稻灰收成膠以銅片按釘向上將膏火化粘銅片于盤碗盆洗中俟冷將花用鐵絲紮把插于釘上宜偏斜取勢不可居中更宜枝疎葉清不可擁擠然後加水用碗沙少許掩銅片使觀者疑叢花生于碗底方妙若以木本花果插瓶剪裁之法不能色色自覓倩人攀折者每不

合意必先執在手中橫斜以觀其勢反側以取其態相定之後剪去雜枝以疎瘦古怪為佳再思其梗如何入瓶或折或曲插入瓶口方免背葉側花之患若一枝到手先拘定其梗之直者插瓶中勢必勢亂梗強花側葉背既難取態更無韻致矣折梗打曲之法鋸其梗之半而嵌以磚石則直者曲矣如患梗倒敲一二釘以管之即楓葉竹枝亂草荆棘均堪入選或綠竹一竿配以枸杞數粒幾莖細草伴以荊棘兩枝苟位置得宜另有世外之趣若新栽花木不妨歪斜取勢聽其葉側一年後枝葉自能向上如樹樹直栽即難取勢矣至剪栽盆樹先取根露雞爪者左右剪成三節然後起枝一枝一節七枝到頂或九枝到頂

枝忌對節如肩臂節忌臃腫如鶴膝須盤旋出枝不可光留左右以避赤胸露背之病又不可前後直出有名雙起三起者一根而起兩三樹也如根無爪形便成插樹故不取然一樹剪成至少得三四十年余生平僅見吾鄉萬翁名彩章者一生剪成數樹又在揚州商家見有虞山遊客攜送黃楊翠柏各一盆惜乎明珠暗投餘未見其可也若留枝盤如寶塔紮枝曲如蚯蚓者便成匠氣矣點綴盆中花石小景可以入畫大景可以入神一甌清茗神能趨入其中方可供幽齋之玩種水仙無靈璧石余嘗以炭之有石意者代之黃芽菜心其白如玉取大小五七枝用沙土植長方盆內以炭代石黑白分明頗有意思以此類

推幽趣無窮難以枚舉如石菖蒲結子用冷米湯同嚼噴炭上置陰濕地能長細菖蒲隨意移養盆碗中茸茸可愛以老蓮子磨薄兩頭入蛋殼使雞翼之俟雛成取出用久年燕巢泥加天門冬十分之二搗爛拌勻植于小器中灌以河水曬以朝陽花發大如酒盃葉縮如碗口亭亭可愛若夫園亭樓閣套室迴廊疊石成山栽花取勢又在大中見小小中見大虛中有實實中有虛或藏或露或淺或深不僅在周迴曲折四字又不在地廣石多徒煩工費或掘地堆土成山間以塊石雜以花草籬用梅編牆以藤引則無山而成山矣大中見小者散漫處植易長之竹編易茂之梅以屏之小中見大者窄院之牆宜凹凸其形飾

以綠色引以藤蔓嵌大石鑿字作碑記形推窗如臨石壁便覺峻峭無窮虛中有實者或山窮水近處一折而豁然開朗或軒閣設廚處一開而可通別院實中有虛者開門于不通之院映以竹石如有實無也設矮欄干墻頭如上有月臺而實虛也貧士屋少人多當仿吾鄉太平船後梢之位置再加轉移其間臺級為牀前後借湊可作三榻間以板而裱以紙則前後上下皆越絕譬之如行長路即不覺其窄矣余夫婦喬寓揚州時曾仿此法屋僅兩椽上下臥房廚竈客座皆越絕而綽然有餘芸嘗笑曰位置雖精終非富貴家氣象也是誠然與

余掃墓山中檢有巒紋可觀之石歸與芸商曰用油灰疊宣州

石子白石盆取色均也本山黃石雖古樸亦用油灰則黃白相
間鑿痕畢露將奈何芸曰擇石之頑劣者搗末于灰痕處乘濕
摻之乾或色同也乃如其言用宜興窯長方盆疊起一峯偏于
左而凸于右背作橫方紋如雲林石法巉巖凹凸若臨江石磯
狀虛一角用河泥種千瓣白萍石上植蔦蘿俗呼雲松經營數
日乃成至深秋蔦蘿蔓延滿山如藤蘿之懸石壁花開正紅色
白萍亦透水大放紅白相間神遊其中如登蓬島置之簷下與
芸品題此處宜設水閣此處宜立茅亭此處宜鑿六字曰落花
流水之間此可以居此可以釣此可以眺胸中丘壑若將移居
者然一夕貓奴爭食自簷而墮連盆與架頃刻碎之余歎曰即

此小經營尚干造物忌耶兩人不禁淚落

靜室焚香閑中雅趣芸嘗以沉速等香于飯鑊蒸透在爐上設一銅絲架離火半寸許徐徐烘之其香幽韻而無烟佛手忌醉鼻嗅嗅則易爛木瓜忌出汗汗出用水洗之惟香圓無忌佛手木瓜亦有供法不能筆宣每有人將供妥者隨手取嗅隨手置之即不知供法者也

余閑居案頭瓶花不絕芸曰子之插花能備風晴雨露可謂精妙入神而畫中有草蟲一法盍仿而效之余曰蟲躑躅不受制焉能仿效芸曰有一法恐作俑罪過耳余曰試言之曰蟲死色不變覓螳螂蟬蝶之屬以針刺死用細絲扣蟲項繫草間整其

足或抱梗或踏葉宛然如生不亦善乎余喜如其法行之見者無不稱絶求之閨中今恐未必有此會心者矣

余與芸寄居錫山華氏時華夫人以兩女從芸識字鄉居院曠夏日逼人芸教其家作活花屏法甚妙每屏一扇用木梢二枝約長四五寸作矮條凳式虛其中橫四檔寬一尺許四角鑿圓眼插竹編方眼屏約高六七尺用砂盆種扁豆置屏中盤延屏上兩人可移動多編數屏隨意遮攔恍如綠陰滿窗透風蔽日紆迴曲折隨時可更故曰活花屏有此一法即一切藤本香草隨地可用此真鄉居之良法也

友人魯半舫名璋字春山善寫松柏及梅菊工隸書兼工鐵筆

余寄居其家之蕭爽樓一年有半樓共五椽東向余居其三晦
明風雨可以遠眺庭中木犀一株清香撩人有廊有廂地極幽
靜移居時有一僕一嫗并挈其小女來僕能成衣嫗能紡績于
是芸繡嫗績僕則成衣以供薪水余素愛客小酌必行令芸善
不費之烹庖瓜蔬魚蝦一經芸手便有意外味同人知余貧每
出杖頭錢作竟日叙余又好潔地無纖塵且無拘束不嫌放縱
時有楊補凡名昌緒善人物寫真袁少迂名沛工山水王星瀾
名巖工花卉翎毛愛蕭爽樓幽雅皆攜畫具來余則從之學畫
寫草篆鐫圖章加以潤筆交芸備茶酒供客終日品詩論畫而
已更有夏淡安揖山兩昆季并繆山音知白兩昆季及蔣韻香陸

橘香周嘯霞郭小愚華杏帆張閑酣諸君子如梁上之燕自去自來芸則拔釵沽酒不動聲色良辰美景不放輕過今則天各一方風流雲散兼之玉碎香埋不堪回首矣非所謂當日渾閑事而今盡可憐者乎

蕭爽樓有四忌談官宦陞遷公廨時事八股時文看牌擲色有犯必罰酒五斤有四取慷慨豪爽風流蘊藉落拓不羈澄靜緘默長者夏無事攷對為會每會八人每人各攜青蚨二百先拈鬮得第一者為主考關防別座第二者為謄錄亦就座餘作舉子各于謄錄處取紙一條蓋用印章主考出五七言各一句刻香為限行立構思不准交頭私語對就後投入一匣方許就座各

人交卷畢謄錄啟匣併錄一冊轉呈主考以杜狗私十六對中
取七言三聯五言六聯六聯中取第一者即爲後任主考第二
者爲謄錄每人有兩聯不取者罰錢二十文取一聯者免罰十
文過限者倍罰一場主考得香錢百文一日可十場積錢千文
酒資大暢矣惟芸議爲官卷准坐而構思
楊補凡爲余夫婦寫載花小影神情確肖是夜月色頗佳蘭影
上粉墻別有幽致星瀾醉後興發曰補凡能爲君寫真我能爲
花圖影余笑曰花影能如人影否星瀾取素紙鋪于墻即就蘭
影用墨濃淡圖之日間取視雖不成畫而花葉蕭疎自有月下
之趣芸甚寶之各有題詠

蘇城有南園之處菜花黃時苦無酒家小飲攜盒而往對花冷飲殊無意味或議就近覓飲者或議看花歸飲者終不如對花熱飲為快衆議未定芸笑曰明日但各出杖頭錢我自擔爐火來衆笑曰諾衆去余問曰卿果自往乎芸曰非也妾見市中賣餛飩者其擔鍋竈無不備盍雇之而往妾先烹調端整到彼處再一下鍋茶酒兩便余曰酒菜固便矣茶乏烹具芸曰攜一沙罐去以鐵叉串罐柄去其鍋懸于行竈中加柴火煎茶不亦便乎余鼓掌稱善街頭有鮑姓者賣餛飩為業以百錢雇其擔約以明日午後鮑欣然允議明日看花者至余告以故衆咸歎服飯後同往并帶席墊至南園擇柳陰下團坐先烹茗飲畢然後

暖酒烹餚是時風和日麗徧地黃金青衫紅袖越阡度陌蝶蜂亂飛令人不飲自醉既而酒肴俱熟坐地大嚼擔者頗不俗拉與同飲遊人見之莫不羨為奇想杯盤狼藉各已陶然或坐或臥或歌或嘯紅日將頹余思粥擔者即為買米煮之果腹而歸芸問曰今日之遊樂乎衆曰非夫人之力不及此大笑而散

貧士起居服食以及器皿房舍宜省儉而雅潔省儉之法曰就事論事余愛小飲不喜多菜芸為置一梅花盒用二寸白磁深碟六隻中置一隻外置五隻用灰漆就其形如梅花底蓋均起凹楞蓋之上有柄如花蒂置之案頭如一朵墨梅覆桌啟蓋視之如菜裝于花瓣中一盒六色二三知己可以隨意取食食完

再添另做矮邊圓盤一隻以便放杯箸酒壺之類隨處可擺移掇亦便即食物省儉之一端也余之小帽領襪皆芸自做衣之破者移東補西必整必潔色取闇淡以免垢跡既可出客又可家常此又服飾儉省之一端也初至蕭爽樓中嫌其暗以白紙糊壁遂亮夏月樓下去窗無闌干覺空洞無遮攔芸曰有舊竹簾在何不以簾代欄余曰如何芸曰用竹數根黝黑色一竪一橫留出走路截半簾搭在橫竹上垂至地高與桌齊中竪短竹四根用麻線扎定然後于橫竹搭簾處尋舊黑布條連橫竹裹縫之既可遮攔飾觀又不費錢此就事論事之一法也以此推之古人所謂竹頭木屑皆有用良有以也

夏月荷花初開時晚含而曉放芸用小紗囊撮茶葉少許置花心明早取出烹天泉水泡之香韻尤絶

鍾如意館

浮生六記卷三

蘇州沈三白著

坎坷記愁

人生坎坷何為乎來哉往往皆自作孽耳余則非也多情重諾爽直不羈轉因之為累況吾父稼夫公慷慨豪俠急人之難成人之事嫁人之女撫人之兒指不勝屈揮金如土多為他人余夫婦居家偶有需用不免典質始則移東補西繼則左支右絀諺云處家人情非錢不行先起小人之議漸招同室之譏女子無才便是德真千古至言也

余雖居長而行三故上下呼芸為三娘後忽呼為三太太始而

戲呼繼成習慣甚至尊卑長幼皆以三太太呼之此家庭之變機歟

乾隆乙巳隨侍吾父于海寧官舍芸于吾家書中附寄小函吾父曰媳婦既能筆墨汝母家信付彼司之後家庭偶有閒言吾母疑其述事不當仍不令代筆吾父見信非芸手筆詢余曰汝婦病耶余即作札問之亦不答久之吾父怒曰想汝婦不屑代筆耳迨余歸探知委曲欲爲婉剖芸急止之曰寧受責于翁勿失歡于姑也竟不自白

庚戌之春予又隨侍吾父于邗江幕中有同事俞孚亭者挈眷居焉吾父謂孚亭曰一生辛苦常在客中覓一起居服役之人

而不可得兒輩果能仰體親意當于家鄉覓一人來庶語音相合孚亭轉述于余密札致芸倩媒物色得姚氏女芸以成否未定未即稟知吾母其來也託言鄰女之嬉遊者及吾父命余接取至署芸又聽旁人意見託言吾父素所合意者吾母見之曰此鄰女之嬉遊者也何娶之乎芸遂并失愛于姑矣

壬子春余館真州吾父病于邗江余往省亦病焉余弟啟堂時亦隨侍芸來書曰啟堂弟曾向鄰婦借貸倩芸作保現追索甚急余詢啟堂啟堂轉以嫂氏為多事余遂批紙尾曰父子皆病無錢可償俟啟弟歸時自行打算可也未幾病皆愈余仍往真州芸覆書來吾父拆視之中述啟弟鄰項事且云令堂以老人

之病皆出姚姬而起翁病稍痊宜密囑姚託言思家妾當令其家父母到揚接取實彼此卸責之計也吾父見書怒甚詢啟堂以鄰項事答言不知遂札飭余曰汝史婦背夫借債讒謗小叔且稱姑曰令堂翁曰老人悖謬之甚我已專人持札回蘇斥逐汝若稍有人心亦當知過余接此札如聞青天霹靂即肅書認罪覓騎遄歸恐芸之短見也到家述其本末而家人乃持逐書至歷斥多過言甚決絕芸泣曰妾固不合妄言但阿翁當恕婦女無知耳越數日吾父有手諭至曰我不為已甚汝攜婦別居勿使我見免我生氣足矣乃寄芸于外家而芸以母亡弟出不願往依族中幸友人魯半舫聞而憐之招余夫婦往居其家蕭爽

樓越兩載吾父漸知始末適余自嶺南歸吾父自至蕭爽樓謂芸曰前事我已盡知汝盍歸乎余夫婦欣然仍歸故宅骨肉重圓豈料又有憨園之孽障耶

芸素有血疾以其弟克昌出亡不返母金氏復念子病没悲傷過甚所致自識憨園年餘未發余方幸其得良藥而憨為有力者奪去以千金作聘且許養其母佳人已屬沙叱利矣余知之而未敢言也及芸往探始知之歸而嗚咽謂余曰初不料憨之薄情乃爾也余曰卿自情癡耳此中人何情之有哉况錦衣玉食者未必能安于荆釵布裙也與其後悔莫若無成因撫慰之再三而芸終以受愚為恨血疾大發床席支離刀圭無效時發

時芸骨瘦形銷不數年而逋負日增物議日起老親又以盟妓一端憎惡日甚余則調停中立已非生人之境矣芸生一女名青君時年十四頗知書且極賢能質釵典服幸賴辛勞子名逢森時年十二從師讀書余連年無館設一書畫鋪于家門之內三日所進不敷一日所出焦勞困苦竭蹶時形隆冬無裘挺身而過青君亦衣單股慄猶強曰不寒因是芸誓不醫藥偶能起床適余有友人周春煦自福郡王幕中歸倩人繡心經一部芸念繡經可以消災降福且利其繡價之豐竟繡焉而春煦行色匆匆不能久待十日告成弱者驟勞致增腰痠頭暈之疾豈知命薄者佛亦不能發慈悲也

繡經之後芸病轉增喚水索湯上下厭之有西人賃屋于余畫鋪之左放利債為業時倩余作畫因識之友人某向渠借五十金乞余作保余以情有難却允焉而某竟挾資遠遁西人惟保是問時來饒舌初以筆墨為抵漸至無物可償歲底吾父家居西人索債咆哮于門吾父聞之召余訶責曰我輩衣冠之家何得負此小人之債正剖訴間適芸有自幼同盟姊適錫山華氏知其病遣人問訊堂上誤以為憨園之使因愈怒曰汝婦不守閨訓結盟娼妓汝亦不思習上濫伍小人若置汝死地情有不忍姑寬三日限速自為計遲必首汝逆矣芸聞而泣曰親怒如此皆我罪孽妾死君行君必不忍妾留君去君必不捨姑密喚

華家人來我强起問之因令青君扶至房外呼華使問曰汝主母特遣來耶抑便道來耶曰主母久聞夫人臥病本欲親來探望因從未登門不敢造次臨行囑付倘夫人不嫌鄉居簡褻不妨到鄉調養踐幼時燈下之言蓋芸與同繡日曾有疾病相扶之誓也因囑之曰煩汝速歸稟知主母于兩月後放舟密來其人既退謂余曰華家盟姊情逾骨肉君若肯至其家不妨同行但兒女携之同往既不便留之累親又不可必于兩月內安頓之時余有表兄王藎臣一子名韞石願得青君為媳婦芸曰聞王郎懦弱無能不過守成之子而王又無成可守幸詩禮之家且又獨子許之可也余謂藎臣曰吾父與君有渭陽之誼欲媳

青君諒無不允但待長而嫁勢所不能余夫婦往錫山後君即稟知堂上先為童媳何如蕓聞喜曰謹如命逢森亦託友人夏揖山轉荐學貿易安頓已定華舟適至時庚申之臘廿五日也芸曰孑然出門不惟招鄰里笑且西人之項無着恐亦不放必于明日五鼓悄然而去余曰卿病中能冒曉寒耶芸曰死生有命無多慮也密稟吾父亦以為然是夜先將半肩行李挑下船令逢森先臥青君泣于母側芸囑曰汝母命苦兼亦情癡故遭此顛沛幸汝父待我厚此去可無他慮兩三年内必當布置重圓汝至汝家須盡婦道勿似汝母汝之翁姑以得汝為幸必善視汝所留箱籠什物盡付汝帶去汝弟年幼故未令知臨行時

託言就醫數日即歸俟我去遠告知其故稟聞祖父可也亨有
舊嫗即前卷中曾僦其家消暑者願送至鄉故是時陪侍在側
拭淚不已將交五鼓暖粥共啜之芸強顏笑曰昔一粥而聚今
一粥而散若作傳奇可名吃粥記矣逢森聞聲亦起呻曰母何
為芸曰將出門就醫耳逢森曰起何早曰路遠耳汝與姊相安
在家毋討祖母嫌我與汝父同往數日即歸雞聲三唱芸含淚
扶嫗啟後門將出逢森忽大哭曰噫我母不歸矣青君恐驚人
急揜其口而慰之當是時余兩人寸腸已斷不能復作一語但
止以勿哭而已青君閉門後芸出巷十數步已疲不能行使嫗
提燈余背負之而行將至舟次幾有邏者所執幸老嫗認芸為

病女余為壻且得舟子皆華氏工人聞聲接應相扶下船解維後芸始放聲痛哭是行也其母子已成永訣矣

華名大成居無錫之東高山面山而居躬耕為業人極樸誠其妻夏氏即芸之盟姊也是日午未之交始抵其家華夫人已倚門而待率兩小女至舟相見甚歡扶芸登岸款待慇懃四鄰婦人孺子鬨然入室將芸環視有相問訊者有相憐惜者交頭接耳滿屋啾啾芸謂華夫人曰今日真如漁父入桃源矣華曰妹莫笑鄉人少所見多所怪耳自此相安度歲至元宵僅隔兩旬而芸漸能起步是夜觀龍燈于打麥場中神情態度漸可復元余乃心安與之私議曰我居此非計欲他適而短于資奈何芸

曰妾亦籌之矣君姊丈范惠來現于靖江鹽公堂司會計十年前曾借君十金適數不敷妾典釵湊之君憶之耶余曰忘之矣芸曰聞靖江去此不遠君盍一往余如其言時天頗暖織絨袍嗶嘰短褂猶覺其熱此辛酉正月十六日也是夜宿錫山客旅賃被而臥晨起趁江陰航船一路逆風繼以微雨夜至江陰江口春寒徹骨沽酒禦寒囊為之罄躊躇終夜擬卸襯衣質錢而渡十九日北風更烈雪勢猶濃不禁慘然淚落暗計房資渡費不敢再飲正心寒股慄間忽見一老翁草鞋氈笠負黃包入店以目視余似相識者余曰翁非泰州曹姓耶答曰然我非公死填溝壑矣今小女無恙時誦公德不意今日相逢何逗遛于此

蓋余幕泰州時有曹姓本徽賤一女有姿色已許壻家有勢力者放債謀其女致涉訟余從中調護仍歸所許曹即投入公門爲隸叩首作謝故識之余告以投親遇雪之由曹曰明日天晴我當順途相送出錢沽酒備極歡洽二十日曉鐘初動即聞江口喚渡聲余驚起呼曹同濟曹曰勿急宜飽食登舟乃代償房飯錢拉余出沽余以連日逗遛急欲赶渡食不下咽强啖蔴餅兩枚及登舟江風如箭四肢發戰曹曰聞江陰有人縊于靖其妻傕是舟而往必俟傕者來始渡耳枵腹忍寒午始解纜至靖暮烟四合矣曹曰靖有公堂兩處所訪者城内耶城外耶余踉蹌隨其後且行且對曰實不知其内外也曹曰然則且止宿明

日往訪耳進旅店韈韉已爲泥淤濕透索火烘之草草飲食疲極酣睡晨起則韈燒其半曹又代償房飯錢訪至城中惠來尚未起聞余至披衣出見余狀驚曰舅何狼狽至此余曰姑勿問有銀乞借二金先遣送我者惠來以番餅二元授余即以贈曹曹力却受一圓而去余乃歷述所遭并言來意惠來曰郎舅至戚即無宿逋亦應竭盡綿力無如航海鹽船新被盜正當盤帳之時不能挪移豐贈當勉措番銀二十圓以償舊欠何如余本無奢望遂諾之留住兩日天已晴暖即作歸計廿五日仍回華宅芸曰君遇雪乎余告以所苦因慘然曰雪時妾以君爲抵靖乃尚逗遛江口幸遇曹老絕處逢生亦可謂吉人天相矣越數日

得青君信知逢森已為揖山薦引入店蓋已請命于吾父擇正月二十四日將伊接去兒女之事粗能了了但分離至此令人終覺慘傷耳

二月初日暖風和以靖江之項薄備行裝訪故人胡肯堂于邗江鹽署有貢局衆司事公延入局代司筆墨身心稍定至明年壬戌八月接芸書曰病體全瘳惟寄食于非親非友之家終覺非久長之策願亦來邗一覩平山之勝余乃賃屋于邗江先春門外臨河兩椽自至華氏接芸同行華夫人贈一小奚奴曰阿雙幫司炊爨並訂他年結鄰之約時已十月平山凄冷期以春遊滿望散心調攝徐圖骨肉重圓不兩月而貢局司事忽裁十

有五人余係友中之友遂亦散閒芸始猶百計代余籌畫强顏慰藉未嘗稍涉怨尤至癸亥仲春血疾大發余欲再至靖江作將伯之呼芸曰求親不如求友余曰此言雖是奈友雖關切現皆閒處自顧不遑芸曰幸天時已暖前途可無阻雪之慮願君速去速回勿以病人為念君或體有不安妾罪更重矣時已薪水不繼余佯為雇騾以安其心實則囊餅徒步且食且行向東南兩渡叉河約八九十里四望無村落至更許但見黃沙漠漠明星閃閃得一土地祠高約五尺許環以短墻植以雙柏因向神叩首祝曰蘇州沈某投親失路至此欲假神祠一宿幸神憐佑于是移小石香爐于旁以身探之僅容半體以風帽反戴掩

面坐半身于中出膝于外閉目靜聽微風蕭蕭而已足疲神倦昏然睡去及醒東方已白短牆外忽有步語聲急出探視蓋土人赶集經此也問以途曰南行十里即泰興縣城穿城向東南十里一土墩過八墩即靖江皆康莊也余乃反身移爐于原位叩首作謝而行過泰興即有小車可附申刻抵靖投剌焉良久司閽者曰范爺因公往常州去矣察其辭色似有推託余詰之曰何日可歸曰不知也余曰雖一年亦將待之閽者會余意私問曰公與范爺嫡郎舅耶余曰苟非嫡者不待其歸矣閽者曰公姑待之越三日乃以回靖告共挪二十五金雇騾急返芸正形容慘變咻咻涕泣見余歸卒然曰君知昨午阿雙捲逃乎倩

人大索今猶不得失物小事人係伊母臨行再三交託今若逃歸中有大江之阻已覺堪虞倘其父母匿子圖詐將奈之何且既有何顏見我盟姊余曰請勿急卿慮過深矣匿子圖詐詐其富有也我夫婦兩肩擔一口耳況攜來半載授衣分食從未稍加扑責鄰里咸知此實小奴喪良乘危竊逃華家盟姊贈以匪人彼無顏見卿卿何反謂無顏見彼耶今當一面呈縣立案以杜後患可也芸聞余言意似稍釋然自此夢中囈語時呼阿雙逃矣或呼憨何負我病勢日以增矣余欲延醫診治芸阻曰妾病始因弟亡母喪悲痛過甚繼為情感後由忿激而平素又多過慮滿望努力做一好媳婦而不能得以至頭眩怔忡諸症畢備

所謂病入膏肓良醫束手請勿為無益之費憶妾唱隨二十三年蒙君錯愛百凡體恤不以頑劣見棄知己如君得婿如此妾已此身無憾若布衣暖菜飯飽一室雍雍優游泉石如滄浪亭蕭爽樓之處境真成烟火神仙矣神仙幾世纔能修到我輩何人敢望神仙耶强而求之致干造物之忌即有情魔之擾總因君太多情妾生薄命耳因又嗚咽而言曰人生百年終歸一死今中道相離忽焉長别不能終奉箕帚目覩逢森娶婦此心實覺耿耿言已淚落如豆余勉强慰之曰卿病八年懨懨欲絶者屢矣今何忽作斷腸語耶芸曰連日夢我父母放舟來接閉目即飄然上下如行雲霧中殆魂離而軀殼存乎余曰此神不收

舍服以補劑靜心調養自能安痊芸又欷歔曰妾若稍有生機一綫斷不敢驚君聽聞今冥路已近苟再不言言無日矣君之不得親心流離顛沛皆由妾故妾死則親心自可挽回君亦可免牽掛堂上春秋高矣妾死君宜早歸如無力攜妾骸骨歸不妨暫厝于此待君將來可耳願君另續德容兼備者以奉雙親撫我遺子妾亦瞑目矣言至此痛腸欲裂不覺慘然大慟余曰卿果中道相捨斷無再續之理況曾經滄海難為水除却巫山不是雲耳芸乃執余手而更欲有言僅斷續疊言來世二字忽發喘口噤兩目瞪視千呼萬喚已不能言痛淚兩行涔涔流溢既而喘漸微淚漸乾一靈縹緲竟爾長逝時嘉慶癸亥三月三

十月也當是時孤燈一盞舉目無親兩手空拳寸心欲碎綿綿此恨曷其有極承吾友胡肯堂以十金爲助餘盡室中所有變賣一空親爲成殮嗚呼芸一女流具男子之襟懷才識歸吾門後余日奔走衣食中饋缺乏芸能纖悉不介意及余家居惟以文字相辯析而已卒之疾病顛連賫恨以没誰致之耶余有負閨中良友又何可勝道哉奉勸世間夫婦固不可彼此相仇亦不可過于情篤語云恩愛夫妻不到頭如余者可作前車之鑒也

回煞之期俗傳是日魂隨煞而歸故房中鋪設一如生前且須鋪生前舊衣于床上置舊鞋于床下以待魂歸瞻顧吴下相傳

謂之收眼光延羽士作法先召于床而後遣之謂之接眚邗江俗例設酒殽于死者之室一家盡出謂之避眚以故有因避被竊者芸娘眚期房東因同居而出避鄰家囑余亦設殽遠避余冀魂歸一見姑漫應之同鄉張禹門諫余曰因邪入邪宜信其有勿嘗試也余曰所以不避而待之者正信其有也張曰回煞犯煞不利生人夫人即或魂歸業已陰陽有間竊恐欲見者無形可接應避者反犯其鋒耳時余癡心不昧強對曰死生有命君果關切伴我何如張曰我當于門外守之君有異見一呼即入可也余乃張燈入室見鋪設宛然而音容已杳不禁心傷淚湧又恐淚眼模糊失所欲見忍淚睁目坐床而待撫其所遺舊

服香澤猶存不覺柔腸寸斷奐冥然昏去轉念待魂而來何遽睡耶開目四視見席上雙燭青焰熒熒縮光如豆毛骨悚然通體寒慄因摩兩手擦額細矚之雙焰漸起高至尺許紙裱頂格幾被所焚余正得藉光四顧閒光忽又縮如前此時心舂股慄欲呼守者進觀而轉念柔魂弱魄恐為盛陽所逼悄呼芸名而祝之滿室寂然一無所見既而燭焰復明不復騰起矣出告禹門服余膽壯不知余實一時情癡耳

芸沒後憶和靖妻梅子鶴語自號梅逸權葬芸于揚州西門外之金桂山俗呼郝家寶塔買一棺之地從遺言寄于此攜木主還鄉吾母亦為悲悼青君逢森歸來痛哭成服啓堂進言曰嚴

君怒猶未息兄宜仍往揚州俟嚴君歸里婉言勸解再當專札
相招余遂拜母別子女痛哭一場復至揚州賣畫度日因得常
哭于芸娘之墓影單形隻備極凄涼且偶經故居傷心慘目重
陽日鄰塚皆黃芸墓獨青守墳者曰此好穴場故地氣旺也余
暗祝曰秋風已緊身尚衣單卿若有靈佑我圖得一館度此殘
年以待家鄉信息未幾江都幕客章馭菴先生欲回浙江葬親
倩余代庖三月得備禦寒之具封篆出署張禹門招寓其家張
亦失館度歲艱難商于余即以餘資二十金傾囊借之且告曰
此本留為亡荊扶柩之費一俟得有鄉音償我可也是年即寓
張度歲晨占夕卜鄉音殊杳至甲子三月接青君信知吾父有

病即欲歸蘇又恐觸舊忿正趑趄觀望間復接青君信始痛悉吾父業已辭世刺骨痛心呼天莫及無暇他計即星夜馳歸觸首靈前哀號流血嗚呼吾父一生辛苦奔走于外生余不肖既少承歡膝下又未侍藥床前不孝之罪何可逭哉吾母見余哭曰汝何此日始歸耶余曰兒之歸幸得青君孫女信也吾母目余弟婦遂嘿然余入幕守靈至七終無一人以家事告以喪事商者余自問人子之道已缺故亦無顏詢問一日忽有向余索逋者登門饒舌余出應曰久債不還固應催索然吾父骨肉未寒乘凶追呼未免太甚中有一人私謂余曰我等皆有人招之使來公且出避當向招我者索償也余曰我欠我償公等速退

皆唯唯而去余因呼啟堂諭之曰兄雖不肖並未作惡不端若言出嗣降服從未得過纖毫嗣產此次奔喪歸來本人子之道豈為爭產故耶大丈夫貴乎自立我既一身歸仍以一身去耳言已反身入幕不覺大慟叩辭吾母走告青君行將出走深山求赤松子于世外矣青君正勸阻間友人夏南薰字淡安夏逢泰字揖山兩昆季尋蹤而至抗聲諫余曰家庭若此固堪動忿但足下父死而母尚存妻喪而子未立乃竟飄然出世子心安乎余曰然則如之何淡安曰奉屈暫居寒舍聞石琢堂殿撰有告假回籍之信盍俟其歸而往謁之其必有以位置君也余曰凶喪未滿百日兄等有老親在堂恐多未便揖山曰愚兄弟之

相邀亦家君意也足下如執以為不便西鄰有禪寺方丈僧與余交最善足下設榻于寺中何如余諾之青君曰祖父所遺房產不下三四千金既已分毫不取豈自己行囊亦捨去耶我往取之徑送禪寺父親處可也因如是行囊之外轉得吾父所遺圖書硯臺筆簏數件寺僧安置予于大悲閣閣南向向東設神像隔西首一間設月窗緊對佛龕本為作佛事者齋食之地余即設榻其中臨門有關聖提刀立像極威武院中有銀杏一株大三抱蔭覆滿閣夜靜風聲如吼揖山常攜酒菓來對酌曰足下一人獨處夜深不寐得無畏怖耶余曰僕一生坦直胸無穢念何怖之有居未幾大雨傾盆連宵達旦三十餘天時慮銀杏

折枝壓梁傾屋賴神默佑竟得無恙而外之牆坍屋倒者不可勝計近處田禾俱被漂沒余則日與僧人作畫不見不聞七月初天始霽揖山尊人號蓴薌有交易赴崇明偕余往代筆書券得二十金歸值吾父將安葬啟堂命逢森向余曰叔因葬事乏用欲助一二十金余擬傾囊與之揖山不允分帮其半余即攜青君先至墓所葬既畢仍返大悲閣九月抄揖山有田在東海永泰沙又偕余往收其息盤桓兩月歸已殘冬移寓其家雪鴻草堂度歲真異姓骨肉也

乙丑七月琢堂始自都門回籍琢堂名韞玉字執如琢堂其號也與余為總角交乾隆庚戌殿元出為四川重慶守白蓮教之

亂三年戎馬極著勞績及歸相見甚歡旋于重九日挈眷重赴四川重慶之任邀余同往余即叩别吾母于九妹倩陸尚吾家蓋先君故居已屬他人矣吾母囑曰汝弟不足恃汝行須努力重振家聲全望汝也逢森送余至半途忽淚落不已因囑勿送而返舟出京口琢堂有舊交王惕夫孝廉在淮揚鹽署遶道往晤余與偕往又得一顧芸娘之墓返舟由長江溯流而上一路遊覽名勝至湖北之荆州得陞潼關觀察之信遂留余與其嗣君敦夫眷屬等暫寓荆州琢堂輕騎減從至重慶度歲遂由成都歷棧道之任丙寅二月川眷始由水路往至樊城登陸途長費鉅車重人多斃馬折輪備嘗辛苦抵潼關甫三月琢堂又陞

山左廉訪清風兩袖眷屬不能偕行暫借潼川書院作廨十月杪始支山左廉俸專人接眷附有青君之書駭悉逢森于四月間夭亡始憶前之送余墮淚者蓋父子永訣也嗚呼芸僅一子不得延其嗣續耶琢堂聞之亦為之浩歎贈余一妾重入春夢從此擾擾攘攘又不知夢醒何時耳

浮生六記卷四

浪游記快

蘇州沈三白著

余遊幕三十年來天下所未到者蜀中黔中與滇南耳惜乎輪蹄徵逐處處隨人山水怡情雲烟過眼不過領略其大概不能探僻尋幽也余凡事喜獨出己見不屑隨人是非即論詩品畫莫不存人珍我棄人棄我取之意故名勝所在貴乎心得有名勝而不覺其佳者有非名勝而自以爲妙者聊以平生所歷者記之

余年十五時吾父稼夫公館于山陰趙明府幕中有趙省齋先

生名傳者杭之宿儒也趙明府延教其子吾父命余亦拜投門下暇日出遊得至吼山離城約十餘里不通陸路近山見一石洞上有片石橫裂欲墮即從其下蕩舟入豁然空其中四面皆峭壁俗名之曰水園臨流建石閣五椽對面石壁有觀魚躍三字水深不測相傳有巨鱗潛伏余投餌試之僅見不盈尺者出而唼食焉閣後有道通旱園拳石亂矗有橫闊如掌者有柱石平其頂而上加大石者鑿痕猶在一無可取遊覽既畢宴于水閣命從者放爆竹轟然一響萬山齊應如聞霹靂聲此幼時快遊之始惜乎蘭亭禹陵未能一到至今以為憾

至山陰之明年先生以親老不遠遊設帳于家余遂從至杭西

湖之勝因得暢遊結構之妙予以龍井為最小有天園次之石取天竺之飛來峰城隍山之瑞石古洞水取玉泉以水清多魚有活潑趣也大約至不堪者葛嶺之瑪瑙寺其餘湖心亭六一泉諸景各有妙處不能盡述然皆不脫脂粉氣反不如小靜室之幽僻雅近天然蘇小墓在西泠橋側土人指示初僅半坵黃土而已乾隆庚子　聖駕南巡曾一詢及甲辰春復舉　南巡盛典則蘇小墓已石築其墳作八角形上立一碑大書曰錢塘蘇小小之墓從此弔古騷人不須徘徊探訪矣余思古來烈魄真魂湮沒不傳者固不可勝數即傳而不久者亦不為少小小一名妓耳自南齊至今盡人而知之此殆靈氣所鍾為湖山點

綴耶橋北數武有崇文書院余曾兩與同學趙緝之投考其中時值長夏起極早出錢塘門過昭慶寺上斷橋坐石闌上旭日將昇朝霞映于柳外盡態極妍白蓮香裏清風徐來令人心骨皆清步至書院題猶未出也午後繳卷偕緝之納涼于紫雲洞大可容數十人石竅上透日光有人設短几矮櫈賣酒于此解衣小酌嘗鹿脯甚妙佐以鮮菱雪藕微酣出洞緝之曰上有朝陽臺頗高曠盍往一遊余亦興發奮勇登其巔覺西湖如鏡杭城如丸錢塘江如帶極目可數百里此生平第一大觀也坐良久陽烏將落相攜下山南屏晚鐘動矣韜光雲棲路遠未到其紅門局之梅花姑姑廟之鐵樹不過爾爾紫陽洞予以為必可觀

而訪尋之得洞口僅容一指涓涓流水而已相傳中有洞天恨不能抉門而入清明日先生春祭掃墓挈余同遊墓在東嶽是鄉多竹墳丁掘未出土之毛笋形如梨而尖作羹供客余甘之盡其兩碗先生曰噫是雖味美而剋心血宜多食血以解之余素不貪屠門之嚼至是飯量且因笋而減歸途覺煩惱唇舌幾裂過石屋洞不甚可觀水樂洞峭壁多藤蘿入洞如斗室有泉流甚急其聲琅琅池廣僅三尺深五寸許不溢亦不竭余俯流就飲煩燥頓解洞外二小亭坐其中可聽泉聲衲子請觀萬年缸缸在香積廚形甚巨以竹引泉灌其內聽其滿溢年久結苔厚尺許冬日不冰故不損也

辛丑秋八月吾父病瘧返里寒索火熱索水余諫不聽竟轉傷寒病勢日重余侍奉湯藥晝夜不交睫者幾一月吾婦芸娘亦大病懨懨在床心境惡劣莫可名狀吾父呼余囑之曰我病不起汝守數本書終非餬口計我託汝于盟弟蔣思齋仍繼吾業可耳越日思齋來即于榻前命拜為師未幾得名醫徐觀蓮先生診治父病漸痊芸亦得徐力起床而余則從此習幕矣此非快事何記于此曰此拋書浪遊之始故記也

思齋先生名襄是年冬即相隨習幕于奉賢官舍有同習幕者顧姓名金鑑字鴻干號紫霞亦蘇州人也為人慷慨剛毅直諒不阿長余一歲呼之為兄鴻干即毅然呼余為弟傾心相友此

余第一知己交也惜以二十二歲卒余既落落寡交今年且四十有六矣茫茫滄海不知此生再遇知己如鴻干者否憶與鴻干訂交襟懷高曠時興山居之想重九日余與鴻干俱在蘇有前輩王小俠與吾父稼夫公喚女伶演劇宴客吾家余患其擾先一日約鴻干赴寒山登高藉訪他日結廬之地芸爲整理小酒榼越日天將曉鴻干已登門相邀遂携榼出胥門入麵肆各飽食渡胥江步至横塘棗市橋雇一葉扁舟到山日猶未午舟子頗循良令其糴米煮飯余兩人上岸先至中峰寺寺在支硎古刹之南循道而上寺藏深樹山門寂靜地僻僧閑見余兩人不衫不履不甚接待余等志不在此未深入歸舟飯已熟飯畢

舟子攜榼相隨囑其子守船由寒山至高義園之白雲精舍軒臨峭壁下鑿小池圍以石欄一泓秋水崖懸薜荔墻積莓苔坐軒下惟聞落葉蕭蕭悄無人跡出門有一亭囑舟子坐此相候余兩人從石罅中入名一綫天循級盤旋直造其巔曰上白雲有菴已坍頹存一危樓僅可遠眺小憩片刻即相扶而下舟子曰登高忘攜酒榼矣鴻干曰我等之遊欲覓偕隱地耳非專爲登高也舟子曰離此南行二三里有上沙村多人家有隙地我有表戚范姓居是村曷往一遊余喜曰此明末徐俟齋先生隱居處也有園聞極幽雅從未一遊于是舟子導往村在兩山夾道中園依山而無石老樹多極紆迴盤鬱之勢亭榭窗欄盡從

樸素竹籬茅舍不愧隱者之居中有皂莢亭樹大可兩抱余所歷園亭此為第一園左有山俗呼雞籠山山峰直豎上加大石如杭城之瑞石古洞而不及其玲瓏旁一青石如榻鴻干卧其上曰此處仰觀峯嶺俯視園亭既曠且幽可以開樽矣因拉舟子同飲或歌或嘯大暢胸懷土人知余等覓地而來誤以為堪輿以某處有好風水相告鴻干曰但期合意不論風水豈意竟成讖語酒瓶既罄各采野菊插滿兩鬢歸舟日已將沒更許抵家客猶未散芸私告余曰女伶中有蘭官者端莊可取余假傳母命呼之入內握其腕而睨之果豐頤白膩余顧芸曰美則美矣終嫌名不稱實芸曰肥者有福相余曰馬嵬之福玉環之福

安在芸以他辭遣之出謂余曰今日君又大醉耶四余乃歷述所遊芸亦神往者久之

癸卯春余從思齋先生就維揚之聘始見金焦面目金山宜遠觀焦山宜近視惜余往來其間未嘗登眺渡江而北漁洋所謂綠楊城郭是揚州一語已活現矣平山堂離城約三四里行其途有八九里雖全是人功而奇思幻想點綴天然即閬苑瑤池瓊樓玉宇諒不過此其妙處在十餘家之園亭合而為一聯絡至山氣勢俱貫其最難位置處出城入景有一里許緊沿城郭夫城綴于曠遠重山間方可入畫園林有此蠢笨絕倫而觀其或亭或臺或墻或石或竹或樹半隱半露間使遊人不覺其觸

目此非胸有丘壑者斷難下手城盡以虹園為首折而向北有石梁曰虹橋不知園以橋名乎橋以園名乎蕩舟過曰長隄春柳此景不綴城脚而綴于此更見佈置之妙再折而西壘土立廟曰小金山有此一擋便覺氣勢緊湊亦非俗筆聞此地本沙土屢築不成用木排若干層疊加土費數萬金乃成若非商家烏能如是過此有勝概樓年年觀競渡于此河面較寬南北跨一蓮花橋橋門通八面橋面設五亭揚人呼為四盤一暖鍋此思窮力竭之為不甚可取橋南有蓮心亭寺中突起喇嘛白塔金頂纓絡高矗雲霄殿角紅墻松柏掩映鐘磬時聞此天下園亭所未有者過橋見三層高閣畫棟飛檐五采絢爛疊以太湖

石圍以白石闌名曰五雲多處如作文中之大結構也過此名
蜀岡朝旭平坦無奇且屬附會將及山河面漸束堆土植竹樹
作四五曲似已山窮水盡而忽豁然開朗平山之萬松林已列
于前矣平山堂為歐陽文忠公所書所謂淮東第五泉真者在
假山石洞中不過一井耳味與天泉同其荷亭中之六孔鐵井
欄者乃係假設水不堪飲九峰園另在南門幽靜處別饒天趣
余以為諸園之冠康山未到不識如何此皆言其大概其工巧
處精美處不能盡述大約宜以豔粧美人目之不可作浣紗溪
上觀也余適恭逢南巡盛典各工告竣敬演接駕點綴因
得暢其大觀亦人生難遇者也

甲辰之春余隨侍吾父于吳江何明府幕中與山陰章蘋江武林章映牧苕溪顧藹泉諸公同事恭辦南巡斗坪行宮得第二次瞻仰天顏一日天將晚矣忽動歸興有辦差小快船雙櫓兩槳于太湖飛棹疾馳吳俗呼爲出水轡頭轉瞬已至吳門橋即跨鶴騰空無此神爽抵家晚餐未熟也吾鄉素尚繁華至此日之爭奇奪勝較昔尤奢燈彩眩眸笙歌聒耳古人所謂畫棟雕甍珠簾繡幕玉闌干千錦步障不啻過之余爲友人東拉西扯助其插花結彩閒則呼朋引類劇飲狂歌暢懷遊覽少年豪興不倦不疲苟生于盛世而仍居僻壤安得此遊觀哉

是年何明府因事被議吾父即就海寧王明府之聘嘉興有劉

蕙階者長齋佞佛來拜吾父其家在烟雨樓側一閣臨河曰水月居其誦經處也潔淨如僧舍烟雨樓在鏡湖之中兩岸皆綠楊惜無多竹有平臺可遠眺漁舟星列漠漠平波似宜月夜納子備素齋甚佳至海寧與白門史心月山陰俞午橋同事心月一子名燭衡澄靜緘默彬彬儒雅與余莫逆此生平第二知心交也惜萍水相逢聚首無多日耳游陳氏安瀾園地占百畝重樓複閣夾道迴廊池甚廣橋作六曲形石滿藤蘿鑿痕全掩古木千章皆有參天之勢鳥啼花落如入深山此人功而歸于天然者余所歷平地之假石園亭此為第一曾于桂花樓中張宴諸味盡為花氣所奪維醬薑味不變薑桂之性老而愈辣以喻

忠節之臣洵不虛也出南門即大海一日兩潮如萬丈銀隄破海而過船有迎潮者潮至反棹相向于船頭設一木招狀如長柄大刀招一捺潮即分破船即隨招而入俄頃始浮起撥轉船頭隨潮而去頃刻百里塘上有塔院中秋夜曾隨吾父觀潮于此循塘東約三十里名尖山一峯突起撲入海中山頂有閣匾曰海闊天空一望無際但見怒濤接天而已

余年二十有五應徽州績溪克明府之招由武林下江山船過富春山登子陵釣臺臺在山腰一峰突起離水十餘丈豈漢時之水竟與峰齊耶月夜泊界口有巡檢署山高月小水落石出此景宛然黄山僅見其脚惜未一瞻面目績溪城處于萬山之

中彈丸小邑民情淳樸近城有石鏡山由山彎中曲折一里許懸崖急湍溼翠欲滴漸高至山腰有一方石亭四面皆陡壁亭左右削如屏青色光潤可鑑人形俗傳能照前生黃巢至此照為猿猴形縱火焚之故不復現離城十里有火雲洞天石紋盤結凹凸巉巖如黃鶴山樵筆意而雜亂無章洞石皆深絳色傍有一庵甚幽靜鹽商程虛谷曾招游設宴于此席中有肉饅頭小沙彌眈眈旁視授以四枚臨行以番銀二圓為酬山僧不識推不受告以一枚可易青錢七百餘文僧以近無易處仍不受乃攢湊青蚨六百文付之始欣然作謝他日余邀同人攜榼再往老僧囑曰曩者小徒不知食何物而腹瀉今勿再與可知藜

齋之腹不受肉味良可歎也余謂同人曰作和尚者必居此等僻地終身不見不聞或可修真養靜若吾鄉之虎邱山終日目所見者妖童豔妓耳所聽者絃索笙歌鼻所聞者佳餚美酒安得身如枯木心如死灰哉又去城三十里名曰仁里有花果會十二年一舉每舉各出盆花為賽余在績溪適逢其會欣然欲往苦無轎馬乃教以斷竹為杠縛椅為轎雇人肩之而去同游者惟同事許策廷見者無不訝笑至其地有廟不知供何神廟前曠處高塔戲臺畫樑方柱極其巍煥近視則紙紮彩畫抹以油漆者鑼聲四至四人擡對燭大如斷柱八人擡一猪大若牯牛蓋公養十二年始宰以獻神策廷笑曰猪固壽長神亦齒利

我若為神烏能享此余曰亦足見其愚誠也入廟殿廊軒院所設花果盆玩並無不剪枝拗節盡以蒼老古怪為佳大半皆黃山松既而開場演劇人如潮湧而至余與策廷遂避去未兩載余與同事不合拂衣歸里

余自續溪之遊見熱閙場中卑鄙之狀不堪入目因易儒為賈余有姑丈袁萬九在盤谿之仙人塘作釀酒生涯余與施心耕附資合夥袁酒本海販不一載值臺灣林爽文之亂海道阻隔貨積本折不得已仍為馮婦館江北四年一無快遊可記迨居蕭爽樓正作烟火神仙有表妹倩徐秀峰自粵東歸見余閒居慨然曰足下待露而爨筆耕而炊終非久計盍偕我作嶺南遊

當不僅獲蠅頭利也芸亦勸余曰來此老親尚健子尚壯年與其商柴計米而尋歡不如一勞而永逸余乃商諸交遊者集資作本芸亦自辦繡貨及嶺南所無之蘇酒醉蟹等物即稟知堂上于小春十日偕秀峰由東壩出蕪湖口長江初歷大暢襟懷每晚舟泊後必小酌船頭見捕魚者罾羃不滿三尺孔大約有四寸鐵箍四角似取易沈余笑曰聖人之教雖曰罟不用數而如此之大孔小罾焉能有獲秀峰曰此專為網鯾魚設也見其繫以長綆忽起忽落似探魚之有無未幾急挽出水已有鯾魚枷罾孔而起矣余始喟然曰可知一己之見未可測其奧妙一日見江心中一峰突起四無依倚秀峰曰此小孤山也霜林中

殿閣參差乘風徑過惜未一遊至滕王閣猶吾蘇府學之尊經閣移于胥門之大碼頭王子安序中所云不足信也即于閣下換高尾昂首船名三板子由贛關至南安登陸值余三十誕辰秀峰備麪為壽越日過大庾嶺山巔一亭匾曰舉頭日近言其高也山頭分為二兩邊峭壁中留一道如石巷口列兩碑一曰急流勇退一回得意不可再往山頂有梅將軍祠未考為何廟人所謂嶺上梅花並無一樹意者以梅將軍得名梅嶺耶余所帶送禮盆梅至此將交臘月已花落而葉青矣過嶺出口山川風廼物便覺頓殊嶺西一山石竅玲瓏已忘其名輿夫曰中有仙人牀榻忽忽竟過以未得遊為悵至南雄雇老龍船過佛山鎮見

人家墻頂多列盆花葉如冬青花如牡丹有大紅粉白粉紅三種蓋山茶花也臘月望始抵省城寓靖海門内賃王姓臨街樓屋三椽秀峰貨物皆銷與當道余亦隨其開單拜客即有配禮者絡繹取貨不旬日而余物已盡除夕蚊聲如雷歲朝賀節有棉袍紗套者不維氣候迥别即土著人物同一五官而神情迥異正月既望有署中同鄉三友拉余游河觀妓名曰打水圍妓名老舉于是同出靖海門下小艇如剖分之半蛋而加蓬焉先至沙面妓船名花艇皆對頭分排中留水巷以通小艇往来每幫約一二十號橫木綁定以防海風兩船之間釘以木樁套以藤圈以便隨潮長落鴇兒呼為梳頭婆頭用銀絲為架高約四

寸許空其中而蟠髮于外以長耳挖插一朵花于鬢身披元青短襖著元青長褲管拖腳背腰束汗巾或紅或綠赤足撒鞋式如梨園旦腳登其艇即躬身笑迎搴幃入艙旁列椅杌中設大炕一門通艄後婦呼有客即聞履聲雜沓而出有挽髻者有盤辮者傅粉如粉墻搽脂如榴火或紅襖綠褲或綠襖紅褲有着短襪而撮繡花蝴蝶履者有赤足而套銀腳鐲者或蹲于炕或倚于門雙瞳閃閃一言不發余顧秀峰曰此何為者也秀峰曰目成之後招之始相就耳余試招之果即歡容至前袖出檳榔為敬入口大嚼澀不可耐急吐之以紙擦唇其吐如血合艇皆大笑又至軍工廠妝束亦相等惟長幼皆能琵琶而已與之言

對曰唗唗者何也余曰少不入廣者以其銷魂耳若此野妝蠻語誰為動心哉一友曰潮帮妝束如仙可往一遊至其帮排舟亦如沙面有著名鴇兒素娘者妝束如花鼓婦其粉頭衣皆長領頸套項鎖前髮齊眉後髮垂肩中挽一鬏似丫髻裹足者著裙不裹足者短襪亦著蝴蝶履長拖褲管語音可辨而余終嫌為異服興趣索然秀峰曰靖海門對渡有揚帮皆吳妝君往必有合意者一友曰所謂揚帮者僅一鴇兒呼曰邵寡婦攜一媳曰大姑係來自揚州餘皆湖廣江西人也因至揚帮對面兩排僅十餘艇其中人物皆雲鬟霧鬢脂粉薄施闊袖長裙語音了了所謂邵寡婦者慇懃相接遂有一友另喚酒船大者曰恒艛

小者曰沙姑艇作東道相邀請余擇妓余擇一雛年者身材狀貌有類余婦芸娘而足極尖細名喜兒秀峰喚一妓名翠姑餘皆各有舊交放艇中流開懷暢飲至更許余恐不能自持堅欲回寓而城已下鑰久矣蓋海疆之城日落即閉余不知也及終席有卧而吃鴉片烟者有擁妓而調笑者伻頭各送衾枕至行將連床開鋪余暗詢喜兒汝本艇可卧否對曰有寮可居未知有客否也寮者船艇之樓余曰姑往探之招小艇渡至邵船但見合幫燈火相對如長廊寮上適無客鴇兒笑迎曰我知今日貴客來故留寮以相待也余笑曰姥真荷葉下仙人哉遂有伻頭移燭相引由艙後梯而登宛如斗室旁一長榻几案俱備揭

穿再進即在頭艙之頂床亦旁設中間方窗嵌以玻璃不火而光滿一室蓋對船之燈光也衾帳鏡奩頗極華美喜兒曰從臺可以望月即在梯門之上疊開一窗蛇行而出即後稍之頂也三面皆設短欄一輪明月水闊天空縱橫如亂葉浮水者酒船也閃爍如繁星列天者酒船之燈也更有小艇梳織往來笙歌弦索之聲雜以長潮之沸令人情為之移余曰少不入廣當在斯矣惜余婦芸娘不能偕遊至此回顧喜兒月下依稀相似因挽之下臺息燭而卧天將曉秀峰等已鬨然至余披衣起迎皆責以昨晚之逃余曰無他恐公等掀衾揭帳耳遂同歸寓越數日偕秀峰游海珠寺寺在水中圍牆若城四周離水五尺許有

洞設大炮以防海冦潮長潮落隨水浮沉不覺炮門之或高或下亦物理之不可測者十三洋行在幽蘭門之西結構與洋畫同對渡名花地花木甚繁廣州賣花處也余自以為無花不識至此僅識十之六七詢其名有羣芳譜所未載者或土音之不同歟海幢寺規模極大山門内植榕樹大可十餘抱陰濃如蓋秋冬不凋柱檻窗欄皆以鐵梨木為之有菩提樹其葉似柿浸水去皮肉筋細如蟬翼紗可裱小冊寫經歸途訪喜兒于花艇適翠喜二妓俱無客茶罷欲行挽留再三余所屬意在寮而其媳大姑已有酒客在上因謂邵鴇兒曰若可同往廳中則不妨一叙邵曰可秀峰先歸囑從者整理酒殽余攜翠喜至廳正談

談笑間適郡署王懋老不期而來挽之同飲酒將沾唇忽聞樓下人聲嘈雜似有上樓之勢蓋房東一姪素無賴知余招妓故引人圖詐耳秀峰怨曰此皆三白一時高興不合我亦從之余曰事已至此應速思退兵之計非鬥口時也懋老曰我當先下說之余急喚僕速雇兩轎先脫兩妓再圖出城之策聞懋老說之不退亦不上樓兩轎已備余僕手足頗捷令其向前開路秀挽翠姑繼之余挽喜兒于後一鬨而下秀峰翠姑得僕力已出門去喜兒為橫手所拏余急起腿中其臂手一鬆而喜兒脫去余亦乘勢脫身出余僕猶守于門以防追搶急問之曰見喜兒否僕曰翠姑已乘轎去喜娘但見其出未見其乘轎也余急燃

炬見空轎猶在路旁急追至靖海門見秀峰侍翠轎而立又問之對曰或應投東而反奔西矣急反身過廟十餘年家聞暗處有喚余者燭之喜兒也遂納之轎肩而行秀峰亦奔至曰幽蘭門有水竇可出已託人賄之啟鑰翠姑去矣喜兒速往余曰君速回廟退兵翠喜交我至水竇邊果已啟鑰翠先在余遂左挽喜右挽翠折腰鶴步踉蹡出竇天適微雨路滑如油至河干沙面笙歌正盛小艇有識翠姑者招呼登舟始見喜兒首如飛蓬釵環俱無有余曰被搶去耶喜兒笑曰聞此皆赤金阿母物也妾于下樓時已除去藏于囊中若被搶去累君賠償耶余聞言心甚德之令其重整釵環勿告阿母託言廟所人雜故仍歸舟耳

翠姑如言告母并曰酒菜已飽備粥可也時席上酒客已去邵鵠兒命翠亦陪余登寮見兩對繡鞵泥汙已透三人共粥聊以充飢翦燭絮談始悉翠籍湖南喜亦豫產本姓歐陽父亡母醮為惡叔所賣翠姑告以迎新送舊之苦心不歡必強笑酒不勝必強飲身不快必強陪喉不爽必強歌更有乖張其性者稍不合意即擲酒翻棹大聲辱罵假母不察反言接待不周又有惡客徹夜蹂躪不堪其擾喜兒年輕初到母猶惜之不覺淚隨言落喜兒亦嘿然涕泣余乃挽喜入懷撫慰之囑翠姑卧于外榻蓋因秀峰交好也自此或十日或五日必遣人來招喜或自放小艇親至河干迎接余每去必偕秀峰不邀他客不另放艇一

夕之歡番銀四圓而已秀峰今翠明紅俗謂之跳槽甚至一招兩妓余則惟喜兒一人偶獨往或小酌于平臺或清談于寮內不令唱歌不强多飲溫存體恤一艇怡然鄰妓皆羨之有空閑無客者知余在寮必來相訪合幫之妓無一不識每上其艇呼余聲不絕余亦左顧右盼應接不暇此雖揮霍萬金所不能致者余四月在彼處共費百餘金得嘗荔枝鮮菓亦生平快事後鴇兒欲索五百金强余納喜余患其擾遂圖歸計秀峰迷戀于此因勸其購一妾仍由原路返吳明年秀峰再往吾父不准偕遊遂就青浦楊明府之聘及秀峰歸述及喜兒因余不往幾尋短見噫半年一覺揚幫夢贏得花船薄倖名矣

余自粵東歸來館青浦兩載無快遊可述未幾芸憨相遇物議沸騰芸以憤激致病余與程墨安設一書畫鋪于家門之側聊佐湯藥之需中秋後二日有吳雲客偕毛憶香王星瀾邀余遊西山小靜室余適腕底無閒囑其先往吳曰子能出城明午當在山前水踏橋之來鶴庵相候余諾之越日留程守鋪余獨步出閶門至山前過水踏橋循田塍而西見一菴南向門帶清流剝啄問之應曰客何來余告之笑曰此得雲也客不見匾額乎來鶴已過矣余曰自橋至此未見有菴其人回指曰客不見土牆中森森多竹者即是也余乃返至牆下小門深閉門隙窺之短籬曲徑綠竹猗猗寂不聞人語聲叩之亦無應者一人過曰

牆穴有石敲門具也余試連擊果有小沙彌出應余即循徑入過小石橋向西一折始見山門懸黑漆額粉書來鶴二字後有長跋不暇細觀入門經韋陀殿上下光潔纖塵不染知為好靜室忽見左廊有一小沙彌奉壺出余大聲呼問即聞室內星爛笑曰何如我謂三白決不失信也旋見雲客出迎曰候君早膳何來之遲一僧繼其後向余稽首問知為竹逸和尚入其室僅小屋三椽額曰桂軒庭中雙桂盛開星爛憶香群起嚷曰來遲罰三杯席上葷素精潔酒則黃白俱備余問曰公等遊幾處矣雲客曰昨來已晚今晨僅到得雲河亭耳歡飲良久飯畢仍自得雲河亭共遊八九處至華山而止各有佳處不能盡述華山

之頂有蓮花峰以時欲暮期以後遊桂花之盛至此為最就花下飲清茗一甌即乘山輿徑回來鶴桂軒之東另有臨潔小閣已盃盤羅列竹逸寡言靜坐而好客豪飲始則折桂催花繼則每人一令二鼓始罷余曰今夜月色甚佳即此酣臥未免有負清光何處得高曠地一玩月色庶不虛此良夜也竹逸曰放鶴亭可登也雲客曰星爛抱得琴來未聞絕調到彼一彈何如乃偕往但見木犀香裏一路霜林月下長空萬籟俱寂星爛彈梅花三弄飄飄欲仙憶香亦興發袖出鐵笛嗚嗚而吹之雲客曰今夜石湖看月者誰能如吾輩之樂哉蓋吾蘇八月十八日石湖行春橋下有看串月勝會游船排擠徹夜笙歌名雖看月實

則挾妓鬬飲而已未幾月落霜寒興闌歸卧明晨雲客謂余曰此地有無隱菴極幽僻君等有到過否者否咸對曰無論未到并未嘗聞也竹逸曰無隱四面皆山其地甚僻僧不能久居向年曾一至已坍廢自尺木彭居士重修後未嘗往焉今猶依稀識之如欲往遊請爲前導憶香曰枵腹去耶竹逸笑曰已備素麵矣再令道人携酒榼相從也麵畢步行而往過高義園雲客欲往白雲精舍入門就坐一僧徐步出向雲客拱手曰違教兩月城中有何新聞撫軍在轅否憶香忽起曰禿拂袖徑出余與星爛忍笑隨之雲客竹逸酬答數語亦辭出高義園即范文正公墓也白雲精舍在其旁一軒面壁上懸藤蘿下鑿一潭廣丈許一

泓清碧有金鱗游泳其中名曰鉢盂泉竹爐茶竈位置極幽軒後于萬綠叢中可瞰范園之概惜衲子俗不堪久坐耳是時由上沙村過雞籠山即余與鴻干登高處也風物依然鴻干已死不勝今昔之感正惆悵間忽流泉阻路不得進有三五村童掘菌子于亂草中探頭而笑似訝多人之至此者詢以無隱路對曰前途水大不可行請返數武南有小徑度嶺可達從其言度嶺南行里許漸覺竹樹叢雜四山環繞徑滿綠茵已無人迹竹逸徘徊四顧曰似在斯而徑不可辨奈何余乃蹲身細矚于千竿竹中隱隱見亂石牆舍徑撥叢竹間橫穿入覓之始得一門曰無隱禪院某年月日南園老人彭某重修衆喜曰非君則武

陵源矣山門緊閉敲良久無應者忽旁開一門呀然有聲一鶉衣少年出面有菜色足無完履問曰客何為者竹逸稽首曰慕此幽靜特來瞻仰少年曰如此窮山僧散無人接待請覓他遊言已閉門欲進雲客急止之許以啟門放遊必當酬謝少年笑曰茶葉俱無恐慢客耳豈望酬耶山門一啟即見佛面金光與綠陰相映庭階石礎苔積如繡殿後臺級如牆石闌繞之循臺而西有石形如饅頭高可二丈許細竹環其趾再西折北由斜廊躡級而登客堂二楹緊對大石石下鑿一小月池清泉一派荇藻交橫堂東即正殿殿左西向為僧房廚竈殿後臨峭壁樹雜陰濃仰不見天星爛力疲就池邊小憩余從之將啟盒小酌

忽聞憶香音在樹杪呼曰三白速來此間有妙境仰而視之不見其人因與星爛循聲覓之由東廂出一小門折北有石磴如梯約數十級于竹塢中瞥見一樓又梯而上八窗洞然額曰飛雲閣四山抱列如城缺西南一角遙見一水浸天風帆隱隱即太湖也倚窗俯視風動竹梢如翻墨浪憶香曰何如余曰此妙境也忽又聞雲客于樓西呼曰憶香速來此地更有妙境因又下樓折而西十餘級忽豁然開朗平坦如臺度其地已在殿後峭壁之上殘甎缺礎尚存蓋亦昔日之殿基也周望環山較閣更暢憶香對太湖長嘯一聲則群山齊應乃席地開樽忽愁枵腹少年欲烹焦飯代茶隨令改茶為粥邀與同啖詢其何以冷

落至此曰四無居鄰夜多暴客積糧時來強竊即植蔬果亦半為樵子所有此為崇寧寺下院長廚中月送飯乾一石鹽菜一罈而已某為彭姓裔衛居看守行將歸去不久當無人跡矣雲客謝以番銀一圓返至來鶴買舟而歸余繪無隱圖一幅以贈竹逸誌快遊也

是年冬余為友人作中保所累家庭失歡寄居錫山華氏明年春將之維揚而短于資有故人韓春泉在上洋幕府因往謁焉衣敝履穿不堪入署投札約晤于郡廟園亭中及出見知余愁苦慨助十金園為洋商捐施而成極為闊大惜點綴各景雜亂無章後疊山石亦無起伏照應歸途忽思虞山之勝適有便舟

附之時當春仲桃李爭妍逆旅行蹤苦無伴侶乃懷青銅三百信步至虞山書院牆外仰矚見叢樹交花嬌紅稚綠傍水依山極饒幽趣惜不得其門而入問途以往遇設篷瀹茗者就之烹碧蘿春飲之極佳詢虞山何處最勝一遊者曰從此出西關近劍門亦虞山最佳處也君欲往請爲前導余欣然從之出西門循山腳高低約數里漸見山峰屹立石作橫紋至則一山中分兩壁凹凸高數十仞近而仰視勢將傾墮其人曰相傳上有洞府多仙景惜無徑可登余興發挽袖卷衣猿攀而上直造其巔所謂洞府者深僅丈許上有石罅洞然見天俯首下視腿軟欲墮乃以腹面壁依藤附蔓而下其人歎曰壯哉遊興之豪未見

有如君者余口渴思飲邀其人就野店沽飲三杯陽烏將落未得遍遊拾赭石十餘塊懷之歸寓負笈搭夜航至蘇仍返錫山此余愁苦中之快遊也

嘉慶甲子春痛遭先君之變行將棄家遠遁友人夏揖山挽留其家秋八月邀余同往東海永泰沙勘收花息沙隸崇明出劉河口航海百餘里新漲初闢尚無街市茫茫蘆荻絕少人烟僅有同業丁氏倉房數十椽四面掘溝河築隄栽柳遶于外丁字實初于崇為一沙之首戶司會計者姓王俱豪爽好客不拘禮節與余乍見即同故交宰猪為餉傾甕為飲令則拇戰不知詩文歌則號呶不講音律酒酣揮工人舞拳相撲為戲畜牯牛百

鎗頭皆露宿隄上養鵝為號以防海賊日則驅鷹犬獵于蘆叢沙渚間所獲多飛禽余亦從之馳逐倦則卧引至園田成熟處每一字號圈築高隄以防潮汎隄中通有水竇用閘啟閉旱則長潮時啟閘灌之潦則落潮時開閘洩之佃人皆散處如列星一呼俱集稱業戶曰產主唯唯聽命樸誠可愛而激之非義則野横過于狼虎幸一言公平率然拜服風雨晦明恍同太古卧床外矚即觀洪濤枕畔潮聲如鳴金鼓一夜忽見數十里外有紅燈大如栲栳浮于海中又見紅光燭天勢同失火寶初曰此處起現神燈神火不久又將漲出沙田矣揖山興致素豪至此益放余更肆無忌憚牛背狂歌沙頭醉舞隨其興之所至真生

平無拘之快遊也事竣十月始歸
吾蘇虎邱之勝余取後山之千頃雲一處次則劍池而已餘皆半藉人工半為脂粉所污已失山林本相即新起之白公祠塔影橋不過留名雅耳其冶坊濱余戲改為野芳濱更不過脂鄉粉隊徒形其妖冶而已其在城中最著名之獅子林雖曰雲林手筆且石質玲瓏中多古木然以大勢觀之竟同亂堆煤渣積以苔蘚穿以蟻穴全無山林氣勢以余管窺所及不知其妙靈巖山為吳王館娃宮故址上有西施洞響屧廊采香徑諸勝而其勢散漫曠無收束不及天平支硎之別饒幽趣鄧尉山一名元墓西背太湖東對錦峯丹崖翠閣望如圖畫居人種梅為業

花開數十里，一望如積雪，故名香雪海。山之左有古柏四樹，名之曰清奇古怪：清者一株挺直，茂如翠蓋；奇者臥地三曲，形同之字；古者秃頂扁闊，半朽如掌；怪者體如旋螺，枝幹皆然。相傳漢以前物也。乙丑孟春，揖山尊人蓴薌先生偕其弟介石，率子姪四人往幞山家祠春祭，兼掃祖墓，招余同往。順道先至靈巖山，出虎山橋，由費家河進香雪海觀梅。幞山祠宇即藏于香雪海中，時花正盛，咳吐俱香。余曾為介石畫幞山風木圖十二冊。

是年九月，余從石琢堂殿撰赴四川重慶府之任，溯長江而上。舟抵皖城。皖山之麓，有元季忠臣余公之墓。墓側有堂三楹，名曰大觀亭，面臨南湖，背倚潛山。亭在山脊，眺遠頗暢。旁有深廊

北窗洞開時值霜葉初紅爛如桃李同遊者為蔣壽朋蔡子琴
南城外又有王氏園其地長于東西短于南北蓋北掔背城南
則臨湖故也既限于地頗難位置而觀其結構作重臺疊觀之
法重臺者屋上作月臺為庭院疊石栽花于上使遊人不知腳
下有屋蓋上疊石者則下實上庭院者則下虛故花木仍得地
氣而生也疊館者樓上作軒軒上再作平臺上下盤折重疊四
層且有小池水不漏洩竟莫測其何虛何實也其立腳全用磚
石為之承重處仿照西洋立柱法幸面對南湖目無所阻騁懷
遊覽勝如平園真人工之奇絕者也
武昌黃鶴樓在黃鵠磯上後拖黃鵠山俗呼為蛇山樓有三層

畫棟飛簷，倚城屹峙，面臨漢江，與漢陽晴川閣相對。余與琢堂冒雪登焉，俯視長空，瓊花風舞，遥指銀山玉樹，恍如身在瑶臺。江中往來小艇，縱橫掀播，如浪捲殘葉，名利之心至此一冷。壁間題詠甚多，不能記憶，但記楹對有云：「何時黄鶴重來，且共倒金樽，澆洲渚千年芳草；但見白雲飛去，更誰吹玉笛，落江城五月梅花。」黄州赤壁在府城漢川門外，屹立江濱，截然如壁，石皆絳色，故名焉。《水經》謂之赤鼻山。東坡遊此作二賦，指為吴魏交兵處，則非也。壁下已成陸地，上有二賦亭。

是年仲冬，抵荆州。琢堂得陞潼關觀察之信，留余住荆州。余以未得見蜀中山水為悵。時琢堂入川，而哲嗣敦夫、眷屬及蔡子琴席芝堂俱留于荊州居劉氏廢園余記其廳額曰紫藤紅樹山房庭階圍以石欄鑿方池一畝池中建一亭有石橋通焉亭後築土疊石雜樹叢生餘多曠地樓閣俱傾頹矣客中無事或吟或嘯或出遊或聚談歲暮雖資斧不繼而上下雍雍典衣沽酒且置鑼鼓敲之每夜必酌每酌必令官則四兩燒刀亦必大施觴政遇同鄉蔡姓者蔡子琴與叙宗系乃其族子也倩其導游名勝至府學前之曲江樓昔張九齡為長史時賦詩其上朱子亦有詩曰相思欲回首但上曲江樓城上又有雄楚樓五代時高氏所建規模雄峻極目可數百里遶城傍水盡植垂楊小舟蕩槳往來頗有畫意荊州府署即關壯繆帥府儀門內有青

石齋馬槽相傳即赤兔馬食槽也訪羅含宅于城西小湖上不遇又訪宋玉故宅于城北昔庾信遇侯景之亂遁歸江陵居宋玉故宅繼改爲酒家今則不可復識矣是年大除雪後極寒獻歲發春無賀年之擾日惟燃紙炮放紙鳶紮紙燈以爲樂既而風傳花信雨濯春塵琢堂諸姬攜其小女幼子順川流而下敦夫乃重整行裝合幫而走由樊城登陸直赴潼關

由河南閿鄉縣西出函谷關有紫氣東來四字即老子乘青牛所過之地兩山夾道僅容二馬並行約十里即潼關左背峭壁右臨黃河關在山河之間扼喉而起重樓疊垜極其雄峻而車馬寂然人烟亦稀昌黎詩曰日照潼關四扇開殆亦言其冷落

流殊清人耳竹
樹陰濃仰不見
天西池中有亭
藕花

耶城中觀察之下僅一別駕道署緊靠北城後有園圍樓長約三畝東西鑿兩池水從西南牆外而入東流至兩池間支分三道一向南至大廚房以供日用一向東入東池一向北折西由石螭口中噴入西池遶至西北設閘洩瀉由城腳轉北穿竇而出直下黃河日夜環繞左右東有面南書室三間庭有葡萄架下設方石可奕可飲以外皆菊畦西有面東軒屋三間坐其中可聽流水聲軒南有小門可通內室軒北窗下另鑿小池池之北有小廟祀花神園正中築三層樓一座緊靠北城高與城齊俯視城外即黃河也河之北山如屏列已屬山西界真洋洋大觀也余居園南屋如舟式庭有土山山上有小亭登之可覽園中

之概綠陰四合夏無暑氣琢堂爲余額其齋曰不繫之舟此余幕遊以來第一好居室也土山之間藝菊數十種惜未及含葩而琢堂調山左廉訪矣眷屬移寓潼川書院余亦隨往院中居焉琢堂先赴任余與子琴芝堂等無事輒出遊乘騎至華陰廟過華封里即堯時三祝處廟內多秦槐漢柏大皆三四抱有槐中抱柏而生者柏中抱槐而生者殿廷古碑甚多內有陳希夷書福壽字華山之脚有玉泉院即希夷先生化形骨蛻處有石洞如斗室塑先生臥像于石床其地水淨沙明草多絳色泉流甚急修竹繞之洞外一方亭額曰無憂亭旁有古樹三株紋有裂炭葉似槐而色深不知其名土人即呼曰無憂樹太華之高

不知幾千仞惜未能裹糧往登焉歸途見林柿正黃就馬上摘食之土人呼止勿聽嚼之澁甚急吐去下騎覓泉漱口始能言土人大笑蓋柿須摘下煮一沸始去其澀余不知也十月初琢堂自山東專人來接眷屬遂出潼關由河南入魯

山東濟南府城內西有大明湖其中有歷下亭水香亭諸勝夏月柳陰濃處菡萏香來載酒泛舟極有幽趣余冬日往視但見衰柳寒烟一水茫茫而已趵突泉為濟南七十二泉之冠泉分三眼從地底怒湧突起勢如騰沸凡泉皆從上而下此獨從下而上亦一奇也池上有樓供呂祖像遊者多于此品茶焉明年二月余就館萊陽至丁卯秋琢堂降官翰林余亦入都所謂登

州海市竟無從一見

卷五　中山記曆　缺

卷六　養生記逍　缺

浮生六記終

鐵如意館